AF313579

Note.
—

Les livraisons 1 à 5 de cette publication portent le titre de "Les mystères du grand monde" et sont comprises dans cet envoi sous le N° 839

LES MYSTÈRES DU GRAND MONDE

ROMAN DE RÉVÉLATIONS ÉMOUVANTES

PAR

MAURICE JOGAND ET LOUIS FÉRALD

— Misérable! interrompit la sœur de la duchesse, c'est couvert du sang d'Aimée que vous venez réclamer mon amour! (Page 5.)

CHAPITRE PREMIER

Le prix du crime

A brune et ravissante vicomtesse de Montperreux habite, — comme tout le *high life* parisien le sait, — le coquet hôtel de la rue de Murillo, à la porte du parc Monceau.

1re LIVRAISON   Paris. — Librairie Nationale.   1re SÉRIE

Le vicomte, son mari, est un des *sportmen* les plus répandus.

Ses écuries ne contiennent pas moins de vingt-quatre chevaux de courses.

Il fait courir à Paris, à Londres, dans tous les centres de réunions hippiques célèbres.

Les chevaux, c'est pour lui une passion.

Son immense fortune lui permet ce jeu de roi ou de millionnaire qui lui coûte plusieurs centaines de mille francs par an.

Il est bien souvent absent de Paris.

La vicomtesse l'accompagne d'ordinaire. Elle adore les courses et elle y parie follement.

Jamais elle ne s'inscrit sur les couleurs de son mari, ce qui ne l'empêche pas de gagner, ni de perdre.

Elle ne suivit pas M. de Montperreux aux courses qui eurent lieu à Londres au mois d'Octobre 1859.

Le vicomte n'était parti que depuis quarante-huit heures quand son beau-frère, le duc de Glamondans, se présenta à l'hôtel de la rue de Murillo.

Un valet de pied le conduisit aussitôt dans le petit salon qui est attenant au boudoir de sa maîtresse, et il dit ensuite à la femme de chambre :

— Veuillez prévenir Mme la vicomtesse que M. le duc de Glamondans est au salon rose.

Le duc de Glamondans était un homme de cinquante-quatre ans. — A peine lui en aurait-on donné quarante, tellement il était frais et dispos.

Il était en grand deuil, étant veuf depuis quelques mois à peine.

On ne le laissa pas attendre plus de deux minutes dans le salon rose de Mme de Montperreux.

La vicomtesse entra par la porte qui donne accès dans son boudoir, soulevant la somptueuse portière de satin rose garnie d'applications en velours grenat qui lui servit pendant une seconde de cadre merveilleux.

Elle était grande, brune et adorablement belle.

Elle aussi était en deuil.

Son teint mat prenait des reflets admirables au milieu des ruches de crêpe et des flots de dentelles noires.

Sa beauté, se dégageant de sa toilette sombre et élégante, apparaissait plus merveilleuse.

Telle fut l'impression qu'elle produisit sur le duc de Glamondans.

Dès qu'il la vit, il se leva et marcha vers elle.

— Hortense!... — fit-il avec une émotion à peine apparente, causée par l'éblouissement et par la fascination.

La vicomtesse prit la main que son beau-frère lui tendit.

— Quand êtes-vous arrivé à Paris? — questionna Mme de Montperreux en s'asseyant sur une causeuse, avec une de ces poses pleines de la plus gracieuse sveltesse.

— Hier soir, — répondit le duc.

— Ah !

Elle poussa cette exclamation sur un ton dont la signification devait échapper au plus subtil observateur, sur un ton possible à une femme seule.

M. de Glamondans s'assit auprès d'elle, sur un fauteuil anglais.

— Ma première visite a été pour vous, — fit-il.

— Fernand est à Londres, — dit la brune vicomtesse.

— Je le sais.

— *Valéria* et *Annibal* courent le handicap d'automne à Newmarket.

M. de Glamondans ne répondit pas.

Après une pause :

— Hortense, — fit-il d'une voix hésitante, — vous rappelez-vous ce que vous m'avez promis ?

— Quoi donc ? — demanda Mme de Montperreux sur le ton de la plus complète insouciance.

— Il y a un an.

— Eh bien ?

— Ne m'avez-vous pas dit que vous m'aimiez ?

— Et ensuite ?

— Et que vous ne seriez jamais à moi tant que votre sœur serait vivante ?

Hortense de Montperreux regarda son beau-frère.

Ses regards signifiaient :

« Allons, continuez ! »

Le duc changea subitement de ton.

— Hortense, — fit-il d'une voix rauque, — est-ce que vous ne m'aimeriez plus ?

Et de l'air le plus dégagé, au lieu de répondre à sa question, Mme de Montperreux lui demanda :

— Donnez-moi quelques détails sur la mort de ma sœur.

La surprise bouleversa M. de Glamondans.

— Sur… la mort d'Aimée !… — fit-il.

— Je ne sais que ce que vous avez écrit à mon mari. — Vous ne vous rappelez sans doute pas bien cette lettre datée de Palerme au mois de Juillet dernier.

En disant cela, la superbe vicomtesse avait fixé sur son beau-frère les regards pénétrants que s es noires prunelles dardaient comme des rayons de feu.

— Elle se leva et alla à un petit secrétaire en ébène incrustée de bronze et de nacre dont elle abattit la tablette après avoir introduit dans la serrure une mignonne clef d'argent.

— Tenez, écoutez, — fit-elle quand elle eut repris sa place sur la causeuse, tenant à la main une lettre en tête de laquelle était frappée et dorée la couronne ducale.

Elle lut la lettre suivante :

« Palerme, 8 Juillet 1859.

   « Mon cher Fernand.

« Je ne sais si j'aurai la force nécessaire pour vous apprendre le malheur cruel qui vient de me frapper. — Ma tête ne peut plus penser depuis hier.

« Ma pauvre femme est morte !

« Comprenez-vous ce que je souffre, mon pauvre ami ?

« Et ce qu'il y a de plus terrible, c'est que cet épouvantable malheur m'a saisi dans le moment le plus inattendu et de la manière la plus subite, au milieu des plaisirs du voyage que je faisais faire à ma chère Aimée.

« Nous étions partis à la pointe du jour de *La Trinacria*, l'hôtel où nous sommes descendus, et nous étions à cheval, Aimée et moi, accompagnés par Claude, mon fidèle serviteur et suivi par un muletier qui nous servait de guide.

« Aimée avait voulu aller visiter la Bagaria cette partie célèbre de la ravissante campagne des environs de Palerme.

« En revenant par la *Conca d'Auro*, nous traversions la belle forêt d'orangers, de citronniers et de caroubiers que tous les étrangers vont voir, quand tout à coup, le cheval que montait ma pauvre femme s'emballa et alla s'abattre contre un rocher.

« Effrayés, Claude et moi, nous nous lançâmes à sa poursuite, mais, hélas ! nous n'arrivâmes pas même à temps pour lui voir rendre le dernier soupir, car elle avait été tuée sur le coup.

« Son crâne qui avait frappé sur l'anfractuosité d'un rocher était ouvert. Une mare affreuse de sang l'entourait et inondait ses vêtements. — Ah ! mon cher Fernand, c'était épouvantable.

« Je tremblais comme une feuille et depuis hier ce tremblement ne m'a pas encore abandonné.

« Je ne vis plus ; il me semble qu'il n'y a plus rien au monde pour moi !... Je suis fou de douleur et de désespoir !

« Vous me comprendrez !

« Annoncez cette terrible nouvelle à votre femme, à la sœur de ma pauvre Aimée et consolez-la de votre mieux.

« Heureusement que j'ai près de moi mon brave Claude qui m'a un peu soutenu et exhorté au courage. Si j'avais été seul, je ne sais pas ce que le désespoir aurait pu m'inspirer.

« Je déteste cette terre maudite où j'ai perdu ce que j'avais de plus cher au monde je vais me hâter de la quitter dès que les formalités rendues nécessaires par ce malheur épouvantable seront remplies.

« Je vous envoie ainsi qu'à Hortense, toutes mes affections.

. « Duc de Glamondans. »

Quand elle eut achevé la lecture de cette lettre, la superbe vicomtesse de Montperreux regarda fixement son beau-frère.

— Eh bien ! — fit-elle, — vous souvenez-vous ?

— Oui, — répondit le duc d'une voix creuse.

— Qu'y a-t-il de vrai là dedans ?

Elle adressa cette question avec autorité.

— Il y a... babutia le duc.

— Je veux savoir la vérité ! — déclara Mme de Montperreux.

Et comme M. de Glamondans se taisait :

— Est-ce ainsi que ma sœur est morte ? — ajouta-t-elle.

— Non, — déclara-t-il alors.

— Qu'avez-vous donc fait ?

Le duc secoua la torpeur qui envahissait son esprit sous l'influence de cette femme qui le dominait.

— Hortense, — fit-il, — souvenez-vous donc aussi, je vous en conjure !

— Je me souviens de tout.

— Eh bien ! alors, vous savez l'amour que j'ai pour vous ; je vous l'ai déclaré, vous m'avez cru, puisque vous m'avez aimé !... Que m'avez-vous dit, il y a un an, le jour de la fête que je donnais à mon château ?

— Ma mémoire est fidèle, — répondit la vicomtesse sur le ton d'une fine raillerie. — Je vous ai dit que je vous aimais, mais je ne serai jamais la maîtresse de l'homme qui est le mari de ma sœur.

Le duc ajouta :

— Alors je vous ai demandé : « Si je devenais veuf ? » — et vous m'avez répondu : « Ce jour-là, je serai à vous ! »

— C'est vrai !

— L'amour que vous m'avez inspiré, — dit M. de Glamondans en se rapprochant de sa belle-sœur, — m'a bouleversé !... — Quand j'ai vu qu'il m'était possible de vous avoir à moi, vous que j'aimais par-dessus tout... vous qui possédiez seule tout mon amour, j'ai perdu la tête !... Je suis devenu fou !

Il avait dit cela avec l'accent de la plus profonde passion, sur un rythme croissant et s'échauffant à mesure qu'il parlait.

Mᵐᵉ de Montperreux l'écouta sans aucune marque apparente d'émotion.

— Répondez-moi à ce que je vous ai demandé tantôt, — fit-elle avec un calme glacial.

Et comme le duc ne répondait pas :

— Je veux savoir comment ma sœur est morte, — ajouta-t-elle.

Alors, M. de Glamondans sentit un souffle de fureur passer sur son front.

— Est-ce vous qui allez me reprocher ce que j'ai fait ? — s'écria-t-il sans pouvoir maîtriser son emportement.

— Vous l'avez donc assassinée ?

En disant cela, la vicomtesse se leva.

Elle recula comme si elle fuyait un objet d'horreur et d'épouvante.

— Hortense ! — fit le duc qui ne se possédait plus, — je vous aime !

— Lâche !... assassin !

— Hortense !... c'est vous...

— Misérable ! — interrompit la sœur de la duchesse, — c'est couvert du sang d'Aimée que vous venez réclamer mon amour !... Mon amour serait donc le prix de votre crime !... Je vous hais !

M. de Glamondans voulut la saisir.

— Par pitié ! — fit-il...

— Ah ! laissez-moi !... ne me touchez pas ! vous me faites horreur...

Et d'une voix creuse elle ajouta :

— Assassin !... lâche !

Puis, elle s'en fut, disparaissant encore derrière la portière et laissant le duc debout au milieu du salon, comme pétrifié.

Quand il fut seul, M. de Glamondans porta une main à sa cravate pour la desserrer.

Il étouffait.

Les veines de son cou se gonflaient et se tendaient comme des cordes ! — Son visage, devenu subitement pourpre et violet, se congestionnait.

— Lâche !... assassin !... — répéta-t-il à mi-voix. — Oh ! c'est trop ! — et moi qui par amour... — Oui, elle a raison : je suis un misérable !

CHAPITRE II

Luttes d'amour

Le duc de Glamondans était propriétaire d'un immense et fort antique château situé dans les Vosges, sur le territoire de la commune qui porte ce nom.

Ce château datant du xvie siècle a été élevé par un de ses aïeux qui, favori de la reine-mère, Catherine de Médicis, fut fait duc par elle lorsqu'elle prit la régence en 1560.

Robert de Glamondans était le dernier descendant de son illustre famille.

Non loin de son château, où il vivait seul, entouré d'un nombreux personnel domestique, était le château du marquis de Roset-Fluans, qui avait été l'ami intime du duc son père.

Tout jeune, M. de Glamondans était venu chez le marquis et le projet fut rapidement formé du mariage du jeune duc et d'Aimée, la fille aînée de M. de Roset-Fluans.

Enfin, en 1850, le mariage fut décidé.

Robert de Glamondans avait alors trente-cinq ans.

Aimée de Roset-Fluans était âgée de douze ans de moins. C'est son jeune âge qui avait fait si longtemps ajourner ce mariage.

Elle avait une sœur, Hortense, plus jeune qu'elle de cinq ans.

Est-ce un dépit qui naquit dans l'âme de la plus jeune fille du marquis quand elle vit sa sœur aînée épouser le plus noble et le plus riche parti de la contrée ? — Toujours est-il qu'elle fit choix de l'un des plus beaux jeunes gens qui fréquentaient le château de son père, le vicomte de Montperreux qui, âgé de vingt-cinq ans à peine, avait deux fois plus de millions que de printemps.

Étant l'enfant gâtée du vieux marquis dont elle était le portrait vivant, Hortense de Roset-Fluans n'eut pas plus de peine à obtenir, avec ses caresses, le consentement de son père au mariage qu'elle avait subitement décidé dans son esprit, qu'elle n'en avait eu, avec sa beauté, à faire naître l'amour dans le cœur du jeune vicomte.

Ce mariage fut si rapidement décidé qu'il eut lieu le 29 Juin 1850, quinze jours après celui d'Aimée de Roset-Fluans, dont Hortense fut la demoiselle d'honneur.

Le marquis avait donné en dot à chacune de ses filles un quart de sa fortune, soit dix millions.

Mais le vicomte de Montperreux avait non seulement sur son beau-frère l'avantage de la jeunesse et de la mâle beauté, il avait encore celui de la richesse, car le duc ne possédait que douze millions.

Aussi, l'envie, qui avait vécu pendant quelque temps dans le cœur d'Hortense, ne fut-elle pas de longue durée et bien plus, son union fut bien plus heureuse que celle de sa sœur, car elle devint mère au bout de onze mois et donna le jour à une fille qui reçut le prénom d'Estelle et que la comtesse de Montperreux tint elle-même sur les fonts baptismaux.

Mais un trouble profond s'était fait dans l'âme du jeune duc de Glamondans.

Tant qu'il n'avait pas été question du mariage d'Hortense, Robert l'avait à peine remarquée. — Elle était pour lui « la petite sœur », — elle était si jeune et si mignonne.

Il en fut autrement quand le vicomte de Montperreux entra en scène, quand la sœur d'Aimée fut conduite par lui à l'autel, quand il la vit, — elle déjà si belle, — devenue ravissante de grâce et de beauté en dépouillant ses allures de fillette et en devenant femme comme sa sœur.

Alors, le duc se sentit attiré vers elle.

Un sentiment d'amour naquit secrètement en son cœur, inspiré par les beaux yeux de la superbe vicomtesse.

Ce n'était pas à Aimée qu'il aurait dû adresser ses hommages ; c'était à Hortense.

C'était elle qu'il aimait.

Mais il était trop tard.

Il sut pourtant se contenir et refouler au plus profond de son âme cette éclosion passionnelle qui ne pouvait que le rendre le plus malheureux des hommes.

La vicomtesse de Montperreux paraissait adorer son mari. — Robert n'avait donc pas une criminelle espérance à concevoir.

Le seul parti qui lui restât à prendre était d'étouffer cet amour sans raison et destiné à n'être jamais couronné. — Il le comprit et il y employa toutes les forces dont il était capable.

Hélas ! il en est toujours ainsi en amour : — Le frein exaspère la passion qui le subit, — la compression centuple ses forces.

C'est ce qui se passa chez le duc de Glamondans.

Un an après la naissance de leur fille, le vicomte de Montperreux et sa femme vinrent passer la saison d'hiver à Paris, la saison des fêtes et des bals du grand monde, la saison des théâtres, la saison des riches.

On était alors en 1854, époque où l'Empire s'efforçait de donner à la capitale la plus brillante animation, voulant distraire l'esprit public des préoccupations de la politique par les fêtes les plus nombreuses et le luxe le plus répandu.

La charmante vicomtesse fut une des femmes les plus remarquées, les plus entourées et les plus fêtées aux Tuileries, comme elle était une des plus belles.

Le bruit flatteur qui fut fait autour d'elle fut apporté à Glamondans par les journaux et y excita plus fortement que jamais l'amour qui couvait dans l'âme de Robert.

Quand vint le mois de Mai, Hortense revint habiter son château des Vosges.

Sa présence éveilla de nouvelles ardeurs dans l'esprit de son beau-frère.

Comprit-elle ce qui se passait en lui ? — Elle seule aurait pu le dire, car elle sut être provocante avec tout le naturel qui convient à une femme aussi belle.

Voulait-elle lui faire regretter de ne pas l'avoir recherchée de préférence à sa sœur, ou bien s'étudiait-elle à exercer contre lui cette vengeance de femme coquette inspirée par l'envie et qui avait hautement surpassé aujourd'hui la position qu'il aurait pu lui offrir ?

Le résultat fut que la passion se déchaîna violente et impérieuse chez le duc de Glamondans et qu'en même temps il conçut, sans s'en rendre compte, une secrète aversion pour sa femme.

De nouveau, Robert lutta contre les tentations qui l'obsédaient.

Il comprenait du reste que sa ravissante belle-sœur le repousserait s'il venait à lui déclarer son amour, qui constituerait pour elle un double outrage.

Il résolut de s'éloigner.

Il partit pour la Russie avec sa femme, comptant sur l'isolement pour lui donner cet amour qui pouvait seul le rendre heureux et pour lui arracher cette passion funeste qui le torturait et menaçait de le conduire à un acte de désespoir ou de folie.

Il revint après six mois de voyages.

Dès qu'il fut en présence d'Hortense, il comprit que la fascination qu'elle exerçait sur lui était plus puissante et plus irrésistible que jamais.

Alors, à bout d'efforts et de luttes, il résolut d'avouer à la sœur d'Aimée ce qui se passait en son âme.

Le vicomte de Montperreux n'habitait presque jamais son château des Vosges. — Il n'y faisait que des courtes apparitions et des rapides séjours entre deux réunions hippiques.

Bien qu'il n'eût pas encore à cette époque son hôtel à Paris, il y avait déjà des écuries de courses avec lesquelles tous les *turfs* devaient compter.

Hortense était seule à Montperreux avec sa belle-mère et avec sa fille, la mignonne petite Estelle, qui, à l'âge de cinq ans, était déjà l'enfant la plus gracieuse qu'on pût rêver.

La situation était excessivement favorable pour M. de Glamondans.

Afin de rompre la monotonie de son existence de châtelaine provinciale, Mᵐᵉ de Montperreux, qui ne se plaisait pas dans cette agitation incessante de la vie sportive, venait passer de nombreuses journées auprès de sa sœur.

Un jour, tandis que la jeune duchesse était allée à Épinal pour une solennité

Hortense de Roset-Fluans, vicomtesse de Montperreux.

religieuse à laquelle l'évêque l'avait conviée, M. de Glamondans alla rendre visite à sa belle-sœur, bien résolu à lui déclarer son amour.

Mais, quand il fut en sa présence, son trouble fut si grand que pas un mot de cet éloquent discours qu'il avait préparé ne put s'échapper de ses lèvres.

Ses yeux pourtant parlèrent à sa place, car Hortense devina ce qu'on ne lui avouait pas.

C'était là le comble du triomphe pour sa beauté.

Huit jours après, une autre circonstance les ayant de nouveau réunis seul à seul, Robert se sentit plus d'énergie et d'audace.

En prenant la main de la sœur d'Aimée et en la portant à ses lèvres, il y déposa un baiser brûlant qui fit monter une teinte rose aux joues de la jolie vicomtesse.

Et comme elle le regardait avec une expression à la fois interrogative et encourageante :

— Hortense ! — balbutia le duc, — laissez-moi vous dire que je vous aime !

Cet aveu ne parut pas la surprendre.

— Vous êtes fou ! — dit-elle en riant.

— Non,... si ce n'est d'amour, — ajouta Robert avec passion. — Il y a six ans que je comprime au plus profond de mon cœur cette ardente passion que votre beauté y a allumée !... six ans que je souffre !...

— Tiens ! — fit la vicomtesse rieuse, — vous ne me l'aviez jamais dit.

— J'ai cherché vainement à imposer silence à cet amour qui m'apparut coupable... — Non, je n'ai pu en venir à bout... — Ce n'est pas ma femme que j'aime, Hortense... c'est vous !... vous seule !...

— Eh bien ! alors, pourquoi n'avez-vous pas demandé ma main ?

— Vous étiez si jeune...

— Ah ! c'est cela, — interrompit la vicomtesse sur le ton de la plus piquante raillerie. — J'étais trop petite fille pour faire une femme sérieuse.

— Non, mais... vous ne m'aviez pas inspiré...

— Le même amour qu'aujourd'hui, n'est-ce pas ?

— Hortense, — fit le duc avec feu, — je vous en supplie !... — ne me désespérez pas !

— Il m'est pourtant impossible de vous laisser espérer. Je suis mariée et j'ai une fille.

— Mais, je vous aime.

— Il m'est interdit de vous aimer... aujourd'hui.

— Aujourd'hui, dites-vous ?... — Vous m'auriez donc écouté si, au lieu de m'adresser à Aimée...

— Cela se peut ! — fit la jolie brune avec insouciance.

— Vous m'aimiez donc ?

Mme de Montperreux ne répondit pas.

Sous son corsage de satin et de dentelles sa gorge opulente se soulevait en bonds inégaux dénotant ou feignant l'agitation de son cœur.

— Hortense ! — reprit le duc sur le ton d'une passion croissante, — laissez-moi un peu d'espoir !...

— C'est inutile, — fit-elle en dégageant sa main qu'il avait ressaisie.

— Ne serais-je donc jamais rien pour vous ?

— Si, mon ami, — fit-elle avec une voix dans laquelle la raillerie et l'émotion semblaient se confondre. — Vous êtes le mari de ma sœur.

CHAPITRE III

La passion parle

Monsieur de Glamondans comprit le dépit que cachait cette réponse.

Ce dépit, ce fut pour lui, l'indice certain que non seulement Hortense l'avait aimé, mais qu'elle l'aimait encore.

Il se dit que, plus forte que lui et plus habile comédienne avec sa nature féminine, elle avait pu et elle avait su dissimuler son amour.

Cette pensée exalta encore sa passion.

Alors ce fut chez lui un délire qu'il ne put plus contenir.

Il renouvela auprès d'Hortense ses puissantes instances.

Il lui laissa voir le désespoir auquel il allait arriver, si elle ne consentait pas à se laisser aimer.

Il la poursuivit de ses obsessions les plus brûlantes pendant plus de trois mois encore.

Enfin, pour se soustraire à ses poursuites et pour lui faire irrévocablement perdre tout espoir, Mme de Montperreux quitta définitivement son château des Vosges.

Elle annonça à son mari son intention de demeurer désormais à Paris, d'y avoir son hôtel et de prendre part à cette vie dont le goût, — déclara-t-elle, — était maintenant formé en elle.

C'est alors, — en 1856, — que fut construit le somptueux hôtel voisin du parc Monceau que nous connaissons déjà.

Le départ d'Hortense fut un coup terrible pour le duc amoureux.

Il comprit qu'il fallait absolument périr dévoré ou étouffé par son immense passion.

Il tomba dangereusement malade.

En vain chercha-t-on bien loin et dans tous les organes la cause de ce mal. — Lui seul et la sœur d'Aimée en connaissaient l'origine.

Au bout de six mois, il se releva.

On aurait dit qu'avec la santé l'espoir renaissait dans son cœur.

Il proposa à la duchesse d'aller habiter Paris.

Elle y consentit.

La douce sœur d'Hortense n'avait d'autre volonté que celle de son mari, de même qu'elle n'avait d'autre amour que le sien.

A titre provisoire, on prit un superbe appartement dans le haut du faubourg Saint-Honoré.

On verrait ensuite de faire l'acquisition d'un hôtel, si on se décidait à habiter définitivement la capitale.

Dès qu'il fut à Paris, M. de Glamondans se représenta chez sa provocante belle-sœur.

A la première occasion, il renouvela ses brûlantes protestations d'amour.

Hortense se mit à en rire et elle le laissa dire, agissant avec lui comme avec un inoffensif maniaque dont on prend pitié et que l'on ne veut point contredire.

Mais cette indifférence exaspérait chaque jour davantage l'amoureux Robert.

Enfin, n'y pouvant plus tenir, il lui dit un jour :

— Hortense, si vous ne voulez pas être à moi, je ne sais de quoi mon désespoir me rendra capable !...

Il avait un air si étrange et des éclairs si fulgurants dans les yeux, que Mme de Montperreux, légèrement inquiète, lui demanda :

— Et que ferez-vous ?

Alors, d'une voix rauque :

— Je vous tuerai et je me tuerai ensuite ! — prononça le duc.

La brune vicomtesse dissimula habilement ce qui se passait en elle.

Elle comprit qu'il importait avant toute chose de calmer l'exaltation qui s'était emparée de l'esprit de son beau-frère qui, par quelque éclat, pouvait la compromettre.

— Allons donc, vous êtes fou, mon cher Robert, — fit-elle doucement.

— Je vous aime ! — répéta le duc.

— Vous n'êtes pas raisonnable, mon ami.

— Pourquoi me dites-vous cela ?

— Vous savez bien que ni vous ni moi nous ne pouvons aimer en dehors des liens que nous nous sommes faits.

— Eh ! qu'importent les liens !... — s'écria Robert avec feu. — On les brise !

— Et le monde ?

— On le foule aux pieds.

— Et ma fille ?

M. de Glamondans ne trouva rien à répondre.

Au bout d'un instant :

— Hortense, — demanda-t-il d'une voix aussi douce qu'il put, — Hortense, dites-moi au moins que vous m'aimez.

— A quoi bon ?

— Si cela est vrai, comme je l'ai compris...

— Et quand cela serait, à quoi cela vous servirait-il, si ce n'est à vous faire comprendre qu'au milieu de mon bonheur apparent et de mon luxe tapageur, je suis malheureuse.

— Vous m'aimez donc ?

La vicomtesse soupira.

— Ah ! — s'écria le duc, — alors je me sens fort et je ne vois plus rien d'impossible maintenant...

Il tenait la main de sa belle-sœur et l'attira vers lui.

— Hortense, — ajouta-t-il, — moi aussi, je vous aime!... Je vous adore.

Elle laissa tomber sa tête sur l'épaule du duc et d'une voix faible :

— Hélas! — fit-elle, — il est trop tard!

— Trop tard!... non, quand on s'aime et quand on veut... — Hortense, fuyons!

La vicomtesse se releva.

— Fuir! s'écria-t-elle.

— Oui.

— Avec vous!

— Oui, avec moi!... puisque vous m'aimez!...

Dégageant alors sa main de la sienne, Mme de Montperreux dit froidement, comme triomphant d'une résistance :

— Non! — C'est impossible!... Vous êtes le mari d'Aimée.

Ces paroles furent comme une douche glaciale sur la tête embrasée de M. de Glamondans.

Il partit comme un fou.

Tout le long de la route il se répétait :

— Elle m'aime!... Je suis le mari de sa sœur!

Alors des pensées criminelles surgirent dans son cerveau en ébullition.

— Si j'étais veuf!

Mais à peine eut-il conçu cette monstrueuse perspective qu'il eut horreur de lui-même.

Il frissonna d'épouvante.

Le forfait dont il venait d'avoir la pensée se dressait devant lui comme un fantôme sanglant.

— Je suis un monstre! — se dit-il.

Et il n'osa pas retourner chez lui.

La perspective de se voir en présence de sa femme l'effraya.

Il lui sembla que son crime se lisait sur son front.

Il marcha dans la direction de l'Arc-de-Triomphe de l'Étoile et, sans savoir où il allait, il se trouva à la porte du bois de Boulogne.

Il faisait une chaleur accablante, la température était lourde.

M. de Glamondans étouffait.

La pensée criminelle que son esprit avait conçue l'oppressait d'une façon douloureuse.

Il cherchait à la repousser.

Elle revenait comme une solution inévitable.

La mort d'Aimée, c'était la jalousie d'Hortense apaisée, c'était son amour conquis.

Il n'y avait pas d'autre moyen.

Extirper du cœur du duc la passion violente que la beauté de la brune vicomtesse y avait fait naître, il n'y fallait pas songer.

Mais M. de Glamondans ne pouvait être un assassin.

Il en convenait maintenant qu'il était soustrait à l'influence de sa belle-sœur.

Un moment il avait pu concevoir cette pensée odieuse, maintenant il la repoussait de toutes ses forces.

Mais il désirait encore la mort de sa femme.

Si une maladie ou un accident avait pu l'emporter, il aurait pu se représenter devant Mme de Montperreux. — Aucune susceptibilité ne paralyserait plus ses dispositions amoureuses et n'arrêterait les élans de son cœur.

Peu à peu, le calme reparut dans l'esprit embrasé du duc de Glamondans.

S'apercevant du chemin qu'il avait parcouru sans s'en rendre compte, il était revenu sur ses pas et il regagnait son domicile.

Quand il fut dans la rue du Faubourg-Saint-Honoré, il chercha à dissiper ce qu'il pouvait rester sur son visage de pâle et de sombre.

Il jeta un coup d'œil sur lui en passant devant la glace d'une devanture.

Rien d'extérieur ne dénotait les luttes terribles et les résolutions épouvantables de son esprit.

*
* *

Quelques mois après cette journée, le duc et la duchesse de Glamondans habitaient encore leur splendide château des Vosges.

Robert avait pensé que l'éloignement seul pourrait le guérir de son amour funeste.

C'est ainsi qu'il avait pris le parti de fuir cette sirène dont la vue seule le faisait souffrir.

Il s'absorba dans des occupations de toute sorte, se livra à l'étude, donna des fêtes et de grandes chasses dans les bois immenses qui font partie de son domaine.

Les amis, qu'il avait négligés depuis plusieurs années, revinrent en foule à Glamondans.

M. et Mme de Montperreux vinrent passer quelques semaines à leur château.

On était alors au mois de Juillet.

Dans tous les châteaux voisins on ne parlait que de la brillante ouverture de chasse qui devait être faite à Glamondans.

Toute la noblesse du pays s'y était donné rendez-vous.

Le duc avait fait venir de tous les pays renommés des meutes de chiens; les écuries étaient pleines de chevaux; de nombreux piqueurs attendaient le moment de revêtir leurs costumes verts et les livrées écarlates des sonneurs de trompe étaient prêtes.

Une fête sans précédent était annoncée.

On devait faire l'ouverture de la chasse en costumes moyen-âge et selon les usages de l'époque.

Le vicomte de Montperreux et sa femme y furent invités.

Hortense et Aimée occupaient la même voiture attelée à la Daumont.

La chasse fut magnifique.

Le soir la fête se continua au château.

Robert de Glamondans se retrouva seul pendant un instant avec sa belle-sœur.

Déjà sa vue avait opéré en lui un trouble douloureux.

La passion, qu'il avait pu croire éteinte, fut de nouveau attisée par les feux ardents de ses noires prunelles.

— Eh bien! — commença-t-elle, — votre vie de châtelain vous semble-t-elle préférable à celle de Paris!

Le duc eut un soupir.

— Vous savez bien, — répondit-il, — pour quel motif je suis venu à Paris et quelle a été la cause de mon départ. — Puis-je vivre près de vous sans être le plus malheureux des hommes?

— Tandis qu'ici vous oubliez?

— Oh! non, je n'oublie pas... cela m'est impossible!

— Allons donc!

— Hortense, douteriez-vous de la sincérité de mon amour?

— Quoi! vous m'aimez encore? — demanda la jolie vicomtesse avec la grâce la plus provocante.

Au lieu de répondre, M. de Glamondans demanda à son tour :

— Et vous, avez-vous pu chasser de votre cœur l'amour que vous m'avez avoué?

Mme de Montperreux se tut.

Alors le duc, encouragé par ce qu'il lisait dans ses yeux :

— Je vous aime plus que jamais, — fit-il, — et je souffre le martyre loin de vous!

— Croyez-vous donc que ma vie soit exempte d'amertume? — dit Hortense.

— Pourtant!... Si vous le vouliez!

— Vous savez bien que c'est impossible. — Voyons, que feriez-vous si vous étiez le frère de Fernand?

C'était encore Aimée qui se dressait entre elle et lui.

Pour toute réponse, M. de Glamondans s'écria :

— Ah! maudit soit ce mariage qui vous éloigne de moi!

Il y eut un silence pendant lequel il avait pris la main de sa belle-sœur.

— Hortense!... — fit-il tout bas.

— Quoi, mon ami?

— Dites-moi encore que vous m'aimez!

— Mes yeux ne vous le disent donc pas?

— Oh! oui!

Et lui donnant une étreinte passionnée :

— Moi, je vous adore!... — ajouta-t-il. — Hortense, me condamnerez-vous toujours à être malheureux?

— Ce n'est pas moi qui vous y condamne? — Est-ce moi qui vous ai fait épouser ma sœur?

— Oh! fit Robert dont la passion parlait avec rage, — toujours ce lien maudit!...

— Oui, Aimée est entre nous!

— Je ne sais ce que je ferais pour être libre!

Il y eut encore un silence.

M. de Glamondans attira la vicomtesse sur sa poitrine et l'y pressa avec amour.

Il sentit battre son cœur contre le sien.

— Hortense!... dit-il encore, — je vous aime! — Soyez à moi, je vous en conjure !...

— Mais cela ne se peut pas, vous le savez bien!

— Ah ! — fit le duc avec rage.

Et changeant de ton, l'œil brillant, la prenant par les mains et la regardant en face :

— Si je devenais veuf? — ajouta-t-il.

— Ce jour-là, je serai à vous!

Cette promesse inonda le duc d'une sorte de rayonnement.

Il répéta longtemps :

« Si j'étais veuf, elle serait à moi ! »

CHAPITRE IV

L'hypocrisie du crime

Le retour à Paris du vicomte de Montperreux et d'Hortense ne fut pas aussi douloureux pour le mari d'Aimée.

Maintenant, il avait un espoir.

Elle lui avait dit formellement que le jour où il ne serait plus retenu par ce lien qui lui répugnait elle se donnerait à lui.

Il envisageait l'avenir avec assurance.

Le duc, aveuglé par la passion, escomptait la mort de sa femme.

Il la désirait de toute son âme.

Il n'était pourtant pas encore capable d'un crime.

Il entretint désormais une correspondance confidentielle avec sa belle-sœur.

Un jour, — c'était au mois de Mars 1859, — Hortense lui écrivit :

« Paris, 23 Mars 1859.

« Mon cher Robert,

« Je viens vous demander en grâce de cesser de m'écrire. — Vous ne pouvez savoir ce que vos lettres me font souffrir !

« J'aime mieux chercher à vous oublier, car je ne me sens pas la force d'endurer pareil supplice.

SAINT-GERMAIN. — IMPRIMERIE D. DARDIN ET Cᵉ.

— Si je devenais veuf? — ajouta-t-il.
— Ce jour-là, je serai à vous! (Page 16.)

« Si j'avais consenti à recevoir vos lettres, c'est que je comptais sur ce que vous m'aviez promis le soir de votre splendide fête de chasse.

« Mais non, Aimée est toujours entre nous.

« Croyez-moi : Il vaut mieux que nous nous oubliions, car je ne me sens pas capable de vivre longtemps ainsi et ce serait moi, au lieu d'elle, qui mourrais.

« Une dernière fois, je vous envoie mes baisers.

« Hortense DE MONTPERREUX. »

« Brûlez soigneusement cette lettre, comme j'ai brûlé toutes les vôtres. »

* *

Décrire l'effet que cette lettre produisit sur le duc est impossible.

Il demeura anéanti.

Une douleur poignante le saisit au cœur et le tortura cruellement.

Un feu sombre brilla dans ses regards.

Un pli se creusa sur son front et ses sourcils se contractèrent.

Il répondit quelques lignes à sa belle-sœur.

Il écrivit :

  « Ma chère Hortense,

« C'est convenu, je ne vous écrirai plus, je comprends votre peine que je mesure à la mienne.

« Quand vous me reverrez je serai veuf.

« Jusqu'alors je vous aimerai et je souffrirai.

« Je vous adore,

      « Robert DE GLAMONDANS. »

Mme de Montperreux brûla cette lettre aussitôt lue.

Le duc n'avait pas pris aussi promptement cette précaution. — Quand il chercha la lettre d'Hortense pour la détruire, il ne la trouva plus.

Il ne s'en inquiétait guère, pensant qu'il la retrouverait un jour, car il ne se rappelait pas ce qu'il en avait fait.

Au milieu du mois de juin, il partit en voyage avec la duchesse et Claude, un dévoué serviteur, de l'âge du duc et son frère de lait.

On devait visiter l'Italie.

Après un court séjour à Florence, à Gênes, à Turin, à Rome et à Naples, le duc et la duchesse partirent pour la Sicile.

Depuis le départ, Aimée avait été langoureuse, triste. — Ce voyage n'était pas une distraction pour elle.

Elle n'osait presque pas regarder son mari. — Un air de crainte se peignait sur ses traits avec sa timidité naturelle.

La traversée fut très mauvaise, car dans ces parages la Méditerranée est presque sans cesse houleuse et agitée.

La malheureuse duchesse était en proie à une frayeur immense. On voyait sur son front la plus touchante expression de résignation.

Elle s'attendait à mourir.

Elle si aimante et si pleine de suaves abandons, elle n'osait pas, comme il était dans sa nature de le faire, chercher dans les bras de son mari un refuge contre le péril qui la menaçait.

Robert ne la regardait qu'à la dérobée.

Il songeait peut-être qu'un naufrage pouvait le rendre veuf lui épargner un crime et lui donner Hortense.

Néanmoins, on aborda sains et saufs.

Le soir, dans la chambre de *la Trinacria*, le plus grand hôtel de Palerme, l'impression produite sur la duchesse s'effaça.

Elle avait appris l'amour que son mari avait conçu pour sa sœur en trouvant la lettre d'Hortense. — Mais elle s'était bien gardée de lui en parler.

Son amour pour lui était trop grand et sa nature était trop timide pour qu'elle eût osé lui adresser le moindre reproche.

Elle avait gardé toute sa douleur pour elle.

Cette découverte l'avait fait horriblement souffrir.

Elle s'était demandé depuis quand cette passion avait pris naissance chez Robert. — Elle avait peur qu'elle fût ancienne, elle qui s'était toujours crue aimée.

Alors, en y réfléchissant, elle accusait le sort injuste qui n'avait pas voulu qu'elle fût mère.

Un enfant lui aurait valu pour toujours l'affection de son mari.

Maintenant on désirait sa mort. — Cette lettre de sa sœur le lui prouvait.

Hortense aussi aimait le duc de Glamondans.

Si elle ne s'était pas donnée à lui, c'était sa présence qui l'en avait empêchée.

Et elle gardait ce douloureux secret en son âme, dissimulant ses souffrances, pleurant en cachette la nuit.

Elle aurait bien voulu connaître la lettre que son mari avait écrite à sa sœur.

Et cependant, elle savait bien que cela l'aurait fait souffrir plus encore.

Depuis cette découverte, elle était devenue plus craintive, plus timide que jamais.

Aimée avait pour directeur de conscience M. Guérard, le curé de Glamondans.

C'était en outre un ami pour elle.

Le prêtre comprit qu'elle avait une cause secrète de tristesse.

Il la questionna affectueusement.

Cet abbé Guérard était âgé de trente-huit à quarante ans à peine à cette époque, — ou du moins, c'est l'âge qu'accusait son visage brun, une de ces physionomies qui mûrissent de bonne heure et qui ne vieillissent que fort tard, comme cela se passe dans le Midi.

C'était un homme d'un physique agréable, aux manières onctueuses et douces, à la parole sympathique.

On disait qu'il jouissait de hautes protections et qu'il possédait une fortune assez belle.

On le recevait dans tous les châteaux des environs où on l'invitait même souvent et où on le considérait comme un ami.

Étant seul avec la jolie duchesse et ayant remarqué sa tristesse :

— Vous me paraissez bien affligée, — lui fit-il observer avec son accent de bonté.

Aimée ne répondit que par un soupir.

— Que se passe-t-il, ma chère duchesse?... poursuivit le prêtre. Vous pouvez me confier vos peines, à moi, votre ami et votre père spirituel... Vous savez que j'ai pour vous non seulement les consolations que peut donner un ministre de Dieu, mais encore celles que peut prodiguer un ami.

— Ah! monsieur l'abbé, — dit alors la blonde duchesse, — je souffre beaucoup.

— Est-ce le résultat d'un dissentiment avec M. le duc?... Je ne le crois pas. 

— Ce n'est pas un dissentiment... C'est...

Elle n'osa achever.

— Une peine qu'il vous a causée ?

Alors, fondant en larmes, la malheureuse femme raconta la douloureuse découverte qu'elle avait faite.

— Elle montra à son confesseur la lettre d'Hortense.

L'abbé lui prodigua les plus tendres encouragements. Il essaya de la consoler. Il lui promit de parler au duc, tout en agissant avec douceur et prudence.

Aimée ne prit pas garde que le curé de Glamondans conserva la lettre de sa sœur.

Le départ pour l'Italie avait eu lieu quelques jours après son entrevue.

— L'abbé Guérard n'avait pas eu le temps ni l'occasion d'entretenir le duc de Glamondans

En arrivant à Palerme, Robert, qui avait remarqué la profonde tristesse de sa femme, lui demanda le soir :

— Qu'avez-vous donc, Aimée ? — Vous ne paraissez pas prendre plaisir à ce voyage.

L'infortunée ne répondit pas.

Elle leva vers lui ses beaux yeux bleus, pleins d'une langoureuse expression comme ceux de sa mère dont elle était le portrait vivant.

Elle était si douce, si aimante et si confiante qu'il lui en fallait bien peu pour jeter un rayon de bonheur en son âme.

Déjà elle commençait à se demander :

— Est-ce que la vue de ma peine qu'il a comprise lui inspirerait des sentiments meilleurs ?

Le duc s'approcha d'elle qui était assise sur un canapé et qui, à la lueur des bougies d'un candélabre examinait les gravures d'un guide de voyage splendides.

Il continua :

— Sans doute, nous avons eu une traversée fort mauvaise. — Mais nous avons vu des sites charmants et des choses remarquables. — Regrettez-vous votre manoir de Glamondans et l'existence si paisible que vous y menez ?

— Non, — répondit-elle d'une voix douce. — Je trouve beaux, bien beaux les pays que vous me faites visiter.

— Eh bien ! alors... si ce voyage vous distrait...

Comme elle ne répondait pas :

— Tenez, — fit-il en lui montrant la gravure sur laquelle l'album était ouvert, — voici le dôme monumental de *Santa-Maria-del-Fiore* que nous avons vu à Florence. Ne trouvez-vous pas cela merveilleux ?

— Oui.

— Les travaux de ce dôme, qui date de la fin du XIIIe siècle, ont duré cent soixante ans. — Ces pyramides et leurs clochetons font un effet très gracieux. — Il n'y a qu'un dommage : c'est que la façade soit inachevée... — Est-ce que le guide donne le nom de l'artiste qui a peint cette coupole immense ?

— Ce sont Vasari et Zuccheri.

— Il me semblait me rappeler un autre nom que notre guide avait prononcé.

— Brunelleschi ?

— C'est cela.

— C'est lui qui a exécuté la coupole, mais ce sont les deux autres qui l'ont peinte.

— Pourquoi donc cette tristesse que je vois sur vos traits depuis plusieurs jours ? — demanda M. de Glamondans d'une voix qu'il s'efforça de rendre tendre.

Aimée était aussi expansive que belle et bonne.

Elle aurait volontiers vécu du plus tendre amour et des plus douces confidences.

Ce qu'elle avait appris la tenait à distance de son mari ; mais, du moment que c'était lui qui se rapprochait d'elle, elle sentait vibrer en son cœur le besoin d'expansion.

— Je sens, — dit-elle avec l'accent de la plus profonde tristesse, — que vous ne m'aimez plus, Robert.

Le duc eut un mouvement.

— Moi ! — se récria-t-il, — moi ! — Vous vous trompez... Qu'est-ce qui peut vous faire croire cela ?

— Vous le dirai-je ?

— Oui, parlez ; je vous en prie.

— Vous aimez ma sœur.

— Mme de Montperreux !

— Oui, Hortense.

— Allons donc ! C'est une idée insensée que vous avez eue là, mon amie, — protesta le duc.

Aimée baissa la tête.

M. de Glamondans s'assit auprès d'elle.

Il prit la main qu'elle avait posée sur l'album.

— Qui vous a fait croire cela ? — demanda-t-il.

Elle hésita à répondre.

Pourtant, elle ne savait pas mentir.

— Je sais... — fit-elle timidement, pleine de confusion, presque à voix basse, — ma sœur vous a écrit.

Le duc n'osa pas nier.

— Qui vous a dit cela ? — demanda-t-il.

— J'ai lu la lettre d'Hortense.

Cette révélation fut pour lui un coup de foudre.

Mais il se contint, il sut dissimuler la stupeur qui se produisit en lui.

Il se souvint qu'en effet il n'avait plus retrouvé cette lettre lorsqu'il avait voulu la détruire.

— C'est là la cause de votre tristesse, Aimée ? — questionna-t-il avec une tendresse bien jouée.

En même temps, il prit la main de la duchesse.

Elle leva vers lui les regards timides et aimants de ses beaux yeux.

— Oui, c'est pour cela que je suis triste, — répondit-elle dans un murmure autant que dans un soupir.

— Pourquoi vous alarmer ainsi ?

— Ah !... — fit-elle, — parce que je vous aime !

Alors, il s'approcha davantage et pressant sa main dans les siennes, il la porta à ses lèvres.

— Aimée, — lui dit-il, — cessez d'être triste.

Il n'en fallait pas davantage pour faire vibrer encore la confiance dans l'âme merveilleuse de cette femme adorable.

— Vous m'aimez donc encore ? — lui demanda-t-elle.

— En doutez-vous ?

— Non... — Mais cette lettre ?

— C'est un moment de folie... N'en parlons plus, je vous en conjure.

— J'ai tant souffert depuis... — J'ai cru que vous désiriez ma mort...

— J'ai été ébloui un moment par les provocations d'Hortense... Mais...

— Vous m'aimez ?

— Toujours !

Et elle se jeta dans ses bras.

Jusqu'au matin ce ne fut entre Robert et Aimée qu'un dialogue de baisers et d'amour.

La ravissante duchesse avait retrouvé ses adorables expansions et son ineffable confiance.

Le duc se laissa aller dans ses bras aux transports les plus intimes et les plus amoureux.

Et pourtant, quand le jour matinal vint pénétrer à travers les rideaux du lit où il était couché auprès d'elle, quand il vit sa tête blonde reposant endormie sur sa poitrine, il lui sembla que cette nouvelle aurore le rappelait subitement à une réalité dont un songe lui avait fait perdre le souvenir.

C'était le matin du 7 Juillet.

C'est ce jour-là qu'il avait fixé pour l'accomplissement du projet criminel que lui avait inspiré la passion née en son cœur sous les brûlants regards d'Hortense de Montperreux.

CHAPITRE V

Les pressentiments de l'abbé Guérard

L duc se leva, laissant sa femme endormie.

Après s'être vêtu, il alla trouver Claude son domestique, qui logeait dans une chambre à un étage supérieur.

Claude était le frère de lait du duc de Glamondans qui avait été nourri par sa mère.

C'était pour lui plus qu'un serviteur dévoué, c'était en quelque sorte et à la fois un ami et un esclave.

Robert pouvait absolument compter sur lui.

Claude était habillé quand le duc entra dans sa chambre.

— As-tu tout préparé? — demanda M. de Glamondans.

— Oui, monsieur le duc, tout.

— Tu as trouvé l'homme qu'il te fallait?

— C'est un muletier du nom de Giuseppe Beppo, un ancien bandit qui se contente aujourd'hui de servir les douaniers et la police contre ses anciens camarades. — Il sert aussi de guide aux voyageurs anglais qui parcourent le pays.

— On peut compter sur lui?

— Comme sur moi.

— Lui as-tu promis une large rémunération?

— Monsieur le duc m'avait dit d'être généreux.

— Oui.

— Je lui ai remis mille francs et je lui en ai promis cinq mille qu'il touchera lorsque le cercueil de Mme la duchesse sera à bord.

— Fort bien.

Le duc lui demanda alors :

— Où as-tu placé le flacon que je t'ai remis?

— Il est dans ma sacoche.

— Il faut trente gouttes.

— Je me souviens de toutes les recommandations de monsieur le duc.

— A quelle heure partirons-nous?

— Giuseppe sera ici avec les chevaux à huit heures.

— Bien. — Tu n'as rien oublié?

— Rien.

— As-tu pris l'adresse du consul de France ?

— Il n'y a à Palerme qu'un vice-consul et les formalités ne seront pas longues avec lui.

— Et le bateau ?

— J'ai pris mes renseignements. Un yacht de plaisance est dans le port et appartient au chevalier Nigra di Colombo que nous avons vu à Rome. — J'ai fait demander à son intendant de le mettre à la disposition de monsieur le duc pour une promenade en mer ce soir à quatre heures. — De cette façon il sera sous vapeur au moment voulu.

— Bon. — Viens nous appeler dès que le muletier sera là.

— Oui, monsieur le duc.

— N'oublie pas : trente gouttes, pas une de plus, mais pas une de moins.

— Monsieur le duc peut compter sur moi.

M. de Glamondans retourna auprès de sa femme.

Elle venait de s'éveiller.

Il lui dit qu'il venait de donner les derniers ordres pour l'excursion à la *Conca d'Auro* dont il lui avait parlé.

A huit heures, Claude vint prévenir ses maîtres.

— Le muletier vient d'arriver, — dit-il, — et les chevaux de monsieur le duc et de madame la duchesse sont sellés.

*
* *

A midi, le domestique de confiance de M. de Glamondans retournait seul et à bride abattue à Palerme.

Il se rendit directement chez le vice-consul de France dont nous savons qu'il s'était enquis.

La consternation était habilement peinte sur son visage.

Un secrétaire le reçut.

Il lui remit la carte du duc son maître.

Et en même temps :

— Un épouvantable malheur vient de frapper M. le duc de Glamondans, — dit-il d'une voix qui paraissait trahir une poignante émotion. — Mme la duchesse vient de se tuer.

Il raconta alors l'accident tel que nous le connaissons, tel que M. de Glamondans devait l'écrire le lendemain à son beau-frère.

Il ne s'agissait, en somme, que d'enregistrer le décès, — les consulats faisant, à l'étranger, fonctions d'État-Civil pour leurs nationaux.

Les autorités locales, sur le vu de l'acte mortuaire, délivreraient immédiatement soit le permis d'inhumer, soit l'autorisation d'emporter le corps.

Le nom de M. de Glamondans devait empêcher toute suspicion de se produire.

La constatation du décès incombait à l'agent consulaire.

Le chancelier se borna à adresser quelques questions au domestique du duc.

— Où ce terrible accident a-t-il eu lieu ? — demanda-t-il.

— A la *Conca d'Auro*, — répondit Claude, — en sortant de la forêt.

— Où a-t-on transporté le corps de Mme la duchesse ?

C'était un homme d'un physique agréable, aux manières onctueuses et douces,
à la parole sympathique. (Page 19.)

— Dans la cabane d'un muletier qui nous a servi de guide.

— Est-ce loin ?

— Il y a à peu près dix-huit kilomètres de Palerme.

— M. de Glamondans était logé à la *Trinacria* ?

— Oui, monsieur.

— Avez-vous les prénoms et le nom de famille de Mᵐᵉ la duchesse ?

— Je les sais, monsieur, car je suis né au château de mon maître et je suis
son frère de lait.

— Comment se nomme-t-elle ?

— Aimée-Emmeline-Juliette de Roset-Fluans.

— Connaissez-vous son âge ?

— Mme la duchesse est née au château de Friollais dans le Doubs, le 6 Octobre 1827.

— Comment se nomme son père ?

— Achille-Maurice, marquis de Roset-Fluans.

— Et le nom de Mme la marquise ?

— Camille-Hyacinthe de Lajoue.

— Ils vivent l'un et l'autre ?

— Non, monsieur, Mme la marquise est morte en 1833.

— Savez-vous la date du mariage de M. de Glamondans ?

— Le mariage de M. le duc et de Mme la duchesse a été célébré le 14 Juin 1850.

Pendant que Claude avait donné tous ces renseignements, le secrétaire du consulat avait rédigé sur son registre l'acte de décès de la duchesse.

Quand il eut achevé, il en fit un extrait sur une feuille imprimée aux armes de France et la remit à Claude.

On n'envoya même pas constater le décès.

Muni de cette pièce, le dévoué serviteur du duc, devenu son complice, se rendit chez l'officier de police qui lui délivra immédiatement le permis d'emporter en France le corps de la malheureuse duchesse.

De là, il courut chez l'entrepreneur de pompes funèbres et commanda un superbe cercueil en chêne.

Enfin, au port, il trouva l'intendant du chevalier Nigra di Colombo auquel il annonça que la promenade en mer projetée par M. de Glamondans ne pourrait pas avoir lieu, par suite du décès de la duchesse.

L'intendant avait des ordres formels d'être entièrement à la disposition du duc, son ami, qu'il avait reçu à Rome, mais qu'il n'avait pu accompagner à Palerme.

Ce fut sur son yacht qu'il fut décidé que l'on transporterait le cercueil de la duchesse à Naples, où il prendrait la voie ferrée jusqu'à Glamondans.

L'inhumation aurait lieu au château.

* *

Le trajet de Naples à Glamondans eut lieu en express.

Le cercueil de la duchesse était dans un fourgon.

Le duc et Claude étaient seuls dans un coupé-lit sur lequel était la plaque : RÉSERVÉ.

On arriva à Glamondans vers le soir du 9 Juillet.

Une dépêche avait annoncé l'arrivée du duc et du corps de Mme la duchesse de Glamondans.

On emporta le cercueil au château.

On s'occuperait le lendemain de dresser une chapelle ardente dans le salon d'honneur, car ce soin devait être confié à l'entrepreneur des pompes funèbres d'Épinal.

Le cercueil fut provisoirement déposé dans la chambre de la duchesse.

M. de Glamondans ne voulait laisser à personne le soin de passer la nuit auprès de cette bière.

Il y demeura seul avec Claude.

Le lendemain, les funèbres décorateurs firent leur besogne. — Le grand salon du château fut transformé en une chapelle ardente où reposait la bière de chêne, recouverte de tentures de velours noir frangée d'argent et supportée par un riche catafalque que recouvrait un dôme de velours noir et d'hermine.

Tout le pays vint s'agenouiller devant le cercueil de celle qui était universellement aimée, parce qu'elle avait été toujours aussi bonne et aussi sympathique qu'elle était riche et belle.

Une des premières visites que reçut le duc fut celle du curé de Glamondans, qui était le confesseur de la duchesse.

La nouvelle de la mort de Mme de Glamondans l'avait frappé.

Il se souvenait de la lettre de Mme de Montperreux que la femme du duc lui avait remise.

Après quelques instants de réflexion il se demanda :

— N'est-ce pas à un crime que cette malheureuse femme doit la mort ?

C'est cette pensée qu'il eut encore pendant le cours de sa visite au veuf d'Aimée.

C'est animé de ce pressentiment qu'il dirigea sur lui tous les efforts de son observation et toutes ses capacités de pénétration.

Il ne put rien surprendre qui lui révélât quoi que ce soit.

Le duc paraissait extrêmement affligé.

Il faisait le récit de la mort de sa femme avec une simplicité touchante, aussi habilement que dans sa lettre à son beau-frère, écrite de Palerme et datée du 8 Juillet.

L'inhumation eut lieu dans la tombe des ducs de Glamondans située dans le bois dépendant de ses domaines, au milieu d'une riante et ombreuse clairière que l'on appelle « le Bosquet ».

Elle se fit avec pompe, car la grande fortune du duc pouvait payer le faste d'un luxe funéraire, et aussi parce que tout le pays voulait concourir à faire à celle qu'il avait aimée une touchante manifestation de reconnaissance.

Mais, quinze jours après ces splendides funérailles, ce fut bien autre chose.

La voix publique, — cette voix que l'on a, à juste titre, appelée bien des fois la voix de Dieu, — accusait le duc de Glamondans, sinon d'être l'auteur de la mort de sa femme, mais d'en être bien aise.

On ne disait cela que tout bas, car le duc était redouté dans tout le pays, presque à l'égal du temps où les seigneurs de Glamondans agissaient en souverains sur leurs féaux sujets.

Puis, la superstition s'en mêla.

On prétendit que des fantômes hantaient la nuit le vieux château depuis la mort de « la bonne duchesse ».

Plusieurs affirmaient avoir entendu des grincements métalliques, des bruits insolites, des soupirs de douleur, et avoir vu des lueurs phosphorescentes quand, attardés, ils passaient la nuit auprès du vieux manoir.

C'est la duchesse qui venait reprocher sa mort à son mari, — disait-on.

L'abbé Guérard n'était pas superstitieux comme ces paysans vosgiens ; mais ses pressentiments étaient tenaces.

Il était revenu plusieurs fois au château.

Le duc ne l'avait reçu qu'un seul jour et quelques instants à peine.

Rien ne pouvait lui indiquer la vérité.

Une seule personne pouvait parler. — C'était Claude, le vieux serviteur du duc. Mais Claude était muet.

Le questionner eût été la plus téméraire imprudence, car son dévouement à son maître était connu.

Et pourtant, le prêtre voulait pénétrer le mystère qu'il pressentait.

Ce n'était pas qu'il voulût se constituer le vengeur de la duchesse dans le cas où il découvrirait que ses soupçons étaient fondés.

Non. — Il avait un autre but.

Mais rien ne pouvait l'éclairer.

Un moment il songea à faire exhumer secrètement, par des hommes à lui, le cadavre de sa malheureuse pénitente. — Cette tâche était impossible.

D'ailleurs, l'abbé Guérard, — pour ce qu'il voulait faire, ne pouvait se confier à personne.

Aussi, cette idée impraticable ne fit que traverser son esprit.

Que faire ?

Aller en Sicile ? — Faire une mystérieuse enquête sur la mort de la duchesse ? Mais où trouverait-il les témoins à interroger ?

— Oh ! je saurais bien ! — se dit-il avec résolution.

Et il attendit des événements et du hasard ce que l'habileté ne pouvait lui apprendre.

CHAPITRE VI

L'idiot de Glamondans

Le duc de Glamondans ne sortait plus de son château.

On ne le voyait nulle part.

Sous prétexte de l'assister sans cesse au milieu de l'immense douleur dont il le disait accablé, Claude ne le quittait plus.

C'est du château même, du personnel domestique du duc qu'étaient partis les premiers bruits de fantômes dont tout le pays s'entretenait.

Ils ne parvinrent aux oreilles de M. de Glamondans que longtemps après que tout le monde les connaissait.

Ce fut Claude qui l'en instruisit, le 15 Novembre 1859, à son retour de Paris.

Le duc revenait chez lui sous l'impression atroce de l'accusation lancée contre lui par Mme de Montperreux.

Ce fut de l'épouvante quand son fidèle serviteur lui apprit ce qui se disait partout.

— Que dit-on ? — questionna-t-il d'une voix étranglée par les angoisses.

— On dit que, dans le pavillon du midi, on a entendu du bruit, la nuit...

— Dans le pavillon du midi ! — râla le duc.

M. de Glamondans faisait pitié à voir. — Il était blême. Ses yeux s'enfonçaient dans leurs orbites bistrés. Sa face pâle s'allongeait sous la contraction d'une frayeur épouvantable.

Il parvint pourtant à se remettre.

Le lendemain il dit à Claude :

— Fais réunir dans le salon tous mes serviteurs.

Quelle résolution avait-il donc prise ?

Le duc se rendit dans le salon.

— Qu'est-ce donc que j'entends dire ? — fit-il après avoir promené sur tous ses regards pénétrants. — On dit qu'on a vu des revenants dans le château !... qu'on a entendu des bruits la nuit !

Les domestiques, n'ayant pas une contenance très assurée, se regardaient mutuellement comme pour se demander quel était celui d'entre eux qui avait dit cela ou qui oserait prendre la parole.

Le duc ajouta :

— D'où viennent ces contes ? — Quel est celui d'entre vous qui a entendu ces bruits ?

Aucun ne répondit.

— Je n'aurais jamais cru, — poursuivit M. de Glamondans. — que j'avais à mon service des gens d'un aussi petit esprit. — Sachez une chose, — fit-il avec sévérité et en fronçant ses sourcils, — le premier de vous qui s'avisera de répandre de nouveau des rumeurs de ce genre sur mon château sera impitoyablement chassé. — Allez !

Les serviteurs se retirèrent en silence.

Devant la parole de leur maître, pas un ne broncha.

Ils n'osèrent même plus parler entre eux.

A peine si, en tête à tête, ils osaient se confier leurs craintes et leurs remarques.

Mais, aucune rumeur n'arriva plus aux oreilles de Claude.

Le pavillon du midi, — cette aile immense du colossal château où avaient eu lieu les apparitions que l'on disait et où l'on avait entendu les bruits étranges et nocturnes, — était inhabitée depuis de longues années.

Depuis le jour où, — après la période révolutionnaire, — l'aïeul de Robert de

Glamondans avait repris possession de son château échappé à la confiscation, cette aile avait été abandonnée.

Elle renfermait les vastes salons d'apparat et, dans la restauration qui fut faite en 1830, elle n'eut aucune part.

On y relégua, comme dans un musée, tous les objets antiques, les armures, les tapisseries, les tableaux.

Des serviteurs y pénétraient pour l'entretenir, mais c'était tout. — On n'y mettait même pas les pieds aux jours de grandes fêtes.

Des salons somptueux, immenses, meublés selon le luxe moderne, avaient été aménagés dans l'aile du nord, beaucoup plus rapprochée du corps principal de l'édifice qui servait à l'habitation.

Les craintes superstitieuses des gens de Glamondans n'étaient pas sans fondement.

On avait fort bien vu, dans les profondeurs d'un soupirail inaccessible, une lueur.

On n'avait aperçu cela qu'une seule fois, il est vrai; mais il n'en faut pas davantage parmi les gens de campagne pour propager des terreurs et établir des légendes que leur crédulité et leur ignorance grossissent après leur avoir donné une consistance.

Tout le pays savait maintenant que le château était hanté par des revenants et la fable fut bien mieux accréditée encore quand le duc quitta le pays et vint s'installer à Paris, après avoir congédié toute sa maison.

Cela se passa au mois de Février 1860.

Il y avait sept mois environ que les funérailles de la duchesse de Glamondans avaient eu lieu.

Le duc qui vivait absolument seul, prit subitement le parti de quitter son château et d'aller demeurer à Paris.

Il disait que le bruit de la capitale le distrairait de sa douleur.

On affirmait dans le pays qu'il fuyait le château parce qu'il avait peur de l'ombre de sa femme qui troublait son repos.

L'abbé Guérard seul pensait que le duc cherchait à se rapprocher de sa belle sœur.

Avant de partir, M. de Glamondans fit maison nette.

Il ne laissa au château que Claude, promu aux fonctions d'intendant, une vieille servante, Jenny, qui avait été recueillie lors de sa naissance par son grand-père et qui maintenant était paralysée, et un garçon idiot et muet, Bastien, que l'on employait ordinairement à l'office.

Il conserva aussi son garde dont la maisonnette était perdue au milieu du bois et qui avait pour mission d'entretenir de fleurs le mausolée du « bosquet ».

Le 10 Avril, dans la nuit, l'idiot qui était ordinairement avec Claude, fut pris d'une épouvante indicible.

Il se promenait selon son habitude dans la campagne autour du château quand tout à coup il s'en fut en courant comme un fou, dans la direction du village où les gens qui n'étaient pas encore couchés le virent.

Il paraissait en proie à une terreur profonde.

On l'interrogea.

Le malheureux idiot tremblait de tous ses membres.

Sa peur était telle qu'il était incapable de s'exprimer par gestes selon son habitude.

Le curé de Glamondans l'emmena au presbytère pour le questionner.

La maison de l'homme de Dieu était dans la grande rue, au milieu du village, et rien qu'une madone placée dans une petite niche grillée au-dessus de la porte la distinguait des autres habitations.

Il s'évertua d'abord à procurer un peu de calme au malheureux idiot.

On lui fit du tilleul.

L'abbé Guérard le rassura par les meilleures paroles et par les gestes les plus paternels.

Enfin, peu à peu, sa terreur parut se dissiper.

— Voyons, — questionna amicalement le prêtre, — qu'as-tu vu? — Fais-moi comprendre ce qui t'a causé cette frayeur.

Bastien le regardait.

Il parut comprendre et il fit de la tête un signe affirmatif.

En même temps il poussa un son guttural, le seul que sa gorge ait jamais pu rendre, et dont la signification changeait avec l'intonation qu'il lui donnait.

— Heu! heu! heu!

— As-tu fait une mauvaise rencontre? — demanda l'abbé Guérard.

— Heu! heu! — fit l'idiot en secouant affirmativement la tête.

— Qu'as-tu vu?

Il fit alors une pantomime qui pouvait signifier qu'une apparition effrayante s'était manifestée à lui.

— Tu as vu un revenant, peut-être? — dit le curé de Glamondans.

— Heu! heu!

— Où ça?

Du doigt, Bastien désigna le lointain.

— Au château?

Il fit signe que non.

— Dans le parc?

— Heu! heu! heu!

— Comment était-il? — Blanc?

Bastien secoua la tête de droite à gauche.

— Noir, alors?

— Heu! heu! — fit-il affirmativement.

Enfin, après bien des questions et avec beaucoup de peine, l'abbé Guérard crut comprendre que l'idiot de Glamondans avait vu un homme, enveloppé d'un manteau, s'introduire dans le parc et se diriger vers le château où il était entré par une porte basse.

C'est là ce qui avait causé sa frayeur.

Alors le prêtre se demanda ce que cela signifiait.

Il était évident que la frayeur de Bastien n'était pas sans cause.

Il fallait absolument pénétrer ce mystère.

Mais avant tout, il était de toute nécessité que personne ne sût ce qui s'était passé et que l'on attribuât à la peur des fantômes l'acte de terreur de l'idiot de Glamondans.

Le lendemain, il se rendit au château.

Claude y était seul.

La vieille Jenny paralysée, était dans son lit avec une jeune fille qui la soignait.

A la vue du curé, le serviteur dévoué du duc eut une pâleur qu'il n'eut pas assez d'empire sur lui-même pour dissimuler.

M. Guérard ne voulut pas le questionner.

Il cherchait à apprendre, mais sans éveiller la moindre méfiance.

Il ne découvrit rien.

Il profita d'une confession, — quelques jours plus tard, — pour questionner la vieille Jenny.

Ce ne fut qu'avec les plus grandes réticences, et sans vouloir l'affirmer, qu'elle lui apprit que, pendant la nuit du 10, elle croyait avoir entendu quelqu'un parler, à l'étage inférieur, avec Claude.

Cela concordait avec la frayeur du muet.

Cela donnait un corps et une réalité à la vision qui l'avait terrifié.

En effet, il n'y avait la nuit au château, — en dehors de la vieille paralytique et de la jeune fille qui la soignait, — que Claude et le muet.

Le bruit des voix d'un dialogue accusait la présence d'une autre personne.

— Est-ce que les fantômes de Glamondans existeraient? — se demanda l'abbé Guérard.

Et, après un moment de réflexion, il se dit:

— Oh! il y a là-dessous un mystère qu'il faut que j'approfondisse!

Le lendemain, le prêtre avait pris une résolution.

La nuit, — se conformant à sa proverbiale réputation, — lui avait apporté un conseil.

— Il faut que je quitte Glamondans, — se dit l'abbé Guérard. — C'est à Paris, où est le duc, où se trouve aussi la vicomtesse de Montperreux, qu'est placé le théâtre sur lequel je dois opérer.

Et, sans perdre de temps, il fit auprès de l'autorité épiscopale les démarches nécessaires pour être remplacé à sa cure.

Il annonça qu'il quittait le ministère pour des raisons de santé et de famille.

Bien qu'assez jeune, il voulait se retirer à Paris.

Et c'est ce qu'il fit.

Au mois de Janvier 1862, le coadjuteur de l'archevêque de Paris consacrait une petite chapelle privée, élevée aux frais de l'abbé Guérard, dans la rue des Écuries-d'Artois, presque à l'angle de la rue Billault.

SAINT-GERMAIN. — IMPRIMERIE D. BARDIN ET Cie

M. Savournin.

CHAPITRE VII

Un ami de l'abbé Guérard

S EIZE ans s'étaient passés depuis les faits que nous venons d'apprendre.

On était au mois de Mars 1876.

Un bonhomme à la figure joviale, qui prenait son café derrière la glace du café de Suède, regardait attentivement les passants et paraissait être excessivement préoccupé par des méditations profondes.

Son extérieur, sa mine, son costume indiquaient un provincial riche, parvenu à l'état de rentier.

Il avait un chapeau haut à larges ailes, une redingote avec poches à revers, et un superbe pardessus de fourrure. — Sur son ventre battait une énorme giletière et un médaillon d'une grosseur invraisemblable. — Ses yeux s'abritaient derrière un lorgnon à la forte monture en or. — A son doigt brillait un solitaire fort beau enchâssé dans un anneau très épais. — Il tenait une canne à la poignée d'ivoire finement travaillée et reliée par une virole d'or à écusson, sur lequel on voyait ces deux lettres entrelacées : M. S.

Nous ne tarderons pas à faire la connaissance de ce personnage qui doit jouer un rôle très important dans notre récit, car il se leva tout à coup, jeta un franc sur la table et sortit.

Il venait de voir passer un homme que sa mise minable pouvait seule lui avoir désigné.

Il se mit à le suivre.

Ce passant était de taille moyenne et assez maigre.

Son chapeau était lustré par l'usure et taché irrégulièrement au-dessus du ruban fané et jauni.

Malgré le froid qui piquait, il n'était vêtu que d'une redingote sale, râpée, dans les manches de laquelle il cachait ses mains aux doigts noueux et violacés par la température quasi sibérienne.

Il marchait en frappant le trottoir à chaque pas, comme les gens qui n'ont pour cheminée que le soleil, et pour chaufferette que le macadam.

Il portait une barbe grise, taillée en rond, aux poils raides.

Le bonhomme du café de Suède le suivit dans le passage des Panoramas, puis dans la rue Saint-Marc qu'il longea jusqu'à ce qu'il fût arrivé presque au coin de la rue Favart.

Là, l'homme misérable entra dans une maison assez vaste.

Il s'arrêta chez la concierge, y prit deux lettres et un journal et monta.

Deux minutes après l'homme cossu se présenta à son tour chez la concierge de cette maison et, avec l'accent le plus marseillais possible, il lui demanda :

— Pardon, ma bonne dame, ce monsieur qui vient de monter, comment vous l'appelez ?

N'importe quelle autre personne que celle dont nous nous occupons adresserait semblable question à une concierge, que celle-ci la regarderait avec arrogance et avec défiance, et lui répondrait immanquablement :

« Est-ce que cela vous regarde ?... Qui êtes-vous donc ? »

Il n'en fut pas ainsi pour notre jovial bonhomme ; sa mine plaisait, sa vue ré-jouissait, et son sans-façon méridional était communicatif.

La concierge de la maison de la rue Saint-Marc le regarda un court instant.

— L'agent d'affaires de l'entresol ? — dit-elle, — c'est M. Ferréol.

— Vous êtes bien brave, — répondit notre type ; — ze vous remercie bien.

Et comme il déposa dans sa main une pièce de cent sous, la concierge ajouta ce renseignement :

— C'est un pauvre diable d'agent d'affaires qui n'est pas trop heureux.

— Ah ! il n'est pas bien calé, hé ?

— Non, pas du tout.

— Il y a longtemps qu'il habite la maison ?

— Depuis le terme d'Avril l'année dernière, mais on lui a donné congé, car voilà deux termes qu'il ne paye pas.

— Ah ! bigre !...

— Il est intelligent. — Ainsi dernièrement, monsieur, il a plaidé pour moi devant le tribunal de police pour une contravention qu'on m'avait faite et il m'a fait acquitter.

Cela expliquait la sympathie de la concierge pour ce locataire peu fortuné, car d'ordinaire les concierges mesurent leur estime pour leurs locataires à leur position et surtout à leur générosité.

— Vous le connaissez ? — questionna-t-elle.

— Un peu, — répondit le Méridional, — mais s'il vous interroze ne lui parlez pas de moi, *qué !*

— Soyez tranquille. — C'est à l'entresol, le petit corridor à gauche, la porte au fond. Il y a un écriteau.

— Merci bien, ma brave dame.

Et il monta.

Le visage fleurissant du bonhomme s'épanouissait de contentement.

Il allait sans doute faire une bonne affaire.

La porte du *cabinet d'affaires* ne fut pas difficile à trouver malgré l'obscurité du couloir au fond duquel elle était située.

Trois coups retentirent sous les doigts du visiteur.

M. Ferréol vint ouvrir lui-même.

En voyant cet homme couvert de bijoux et richement vêtu, l'agent d'affaires s'inclina platement et son visage famélique esquissa un affreux sourire qu'accentuaient étrangement ses regards cupides.

D'où lui venait donc cette bonne fortune ?

Jamais il n'avait eu un client de cet acabit.

— Entrez, monsieur, je vous prie, — lui dit-il avec un empressement très marqué. — Entrez.

Le Méridional franchit la porte, le chapeau sur la tête, son sourire jovial aux lèvres, et s'assit sur une chaise près du bureau, sans y être le moins du monde invité.

— Vous vous appelez monsieur Ferréol ? — lui dit-il.

— Oui, monsieur, — fit obséquieusement l'agent d'affaires. — Tout à votre service !...

Notre bonhomme regardait l'étrange et misérable ameublement de cette pièce presque sombre, car elle donnait dans l'enfoncement d'une cour étroite où les six étages des maisons ne laissaient passer que fort peu de clarté.

Une table en bois peinte en noir, trois chaises dont une garnie de molesquine verte pour l'agent d'affaires, une étagère simulant une bibliothèque garnie de cartons disloqués, de dossiers et de livres en piteux état, une carte de France, une gravure représentant la justice et un poêle éteint, tel était l'ameublement.

Dans un coin était une porte donnant sur un bouge obscur qu'un lit de fer et une sorte de buffet faisant fonction de commode suffisaient à remplir.

Après avoir bien regardé, le Méridional commença :

— Alors les affaires ne vont pas fort, pas vrai ?

Ce langage fit tomber l'agent d'affaires de son haut.

Quelle sorte d'homme avait-il donc devant lui ?

Comme il ne répondait pas et qu'une visible stupéfaction se peignait sur ses traits :

— Vous ne me connaissez pas, *qué!* — dit-il. — Moi, ze vous connais, monsieur Ferréol, et ze puis même dire que ze m'intéresse à vous. — Z'ai pris mes renseignements et ze sais que z'ai affaire à un brave homme. — Ze viens vous proposer quelque sose.

Depuis un moment, M. Ferréol, toujours debout, se multipliait en salutations ininterrompues qui devaient sans doute témoigner sa gratitude.

Mais son esprit ne pouvait parvenir à pénétrer l'énigme vivante posée devant lui.

Alors, le Méridional lui dit :

— Ze suis M. Marius Savournin de Marseille dont vous a parlé mon bon ami l'abbé Guérard.

Il n'en fallut pas davantage.

Alors, l'expression de figure de M. Ferréol se métamorphosa complètement.

— Oh ! monsieur, — fit-il, — excusez-moi de vous recevoir dans un pareil endroit. .

— Mais non, mon bon. — C'est très bien !

— Je voulais aller vous voir comme M. l'abbé Guérard m'y avait engagé, mais je n'osais pas... j'attendais...

— Voui, ze comprends : vous attendiez d'avoir fait une affaire pour vous asseter un costume, pas vrai ! — C'est pas nécessaire, mon bon. *Té*, regardez ; ze suis sans façon.

Et M. Savournin souriait toujours.

— Ah ! — fit-il en changeant de ton, — asseyez-vous là et causons un peu, *qué !*

M. Ferréol obéit.

— Nous disons, — commença le Méridional, — que vous ne gagnez pas lourd dans votre partie. Les affaires ne vont pas, pas vrai ?

— Non, elles sont très difficiles.

— Eh bien ! Il faut sanzer de métier, voilà tout. — Z'ai besoin d'un homme intellizent et débrouillard ; mon brave ami, l'abbé Guérard, m'a parlé de vous et vous me plaisez. — Voulez-vous que nous fassions une affaire ensemble, monsieur Ferréol.

— Monsieur, — fit l'homme d'affaires qui continuait sur sa chaise ses obséquieuses salutations, — c'est la Providence qui vous a envoyé vers moi...

— Alors vous consentez ?

— Mais... certainement.

— Eh bien ! ça y est. — Avec moi les affaires vont *rondo*. Ze suis du Midi, hé ! hé ! hé ! — Ça se voit, n'est-ce pas ? — C'est que nous avons le sang çaud à Marseille. Nous sommes ronds en affaires et carrés tout à la fois. — Voyons, parlons d'abord de votre position. — Le propriétaire vous a fissé votre conzé ?

— Oui... c'est vrai !

— Combien vous payez ici ?

— Trois cent vingt-cinq francs.

— Par an ?

— Oui, monsieur.

M. Savournin fit une grimace.

— Bigre ! c'est ser ! — Alors vous devez cent soixante-deux francs cinquante, *qué*?

— Quoi !... vous savez...

— Voui. — Ze sais que vous n'avez pas payé les deux derniers termes.

— Hélas !... — Les affaires...

— Elles sont mauvaises. — Mais tranquillisez-vous, mon bon, elles vont marser carrément.

— Oh ! monsieur !... que de reconnaissance...

— Ne parlons pas de cela, ne parlons pas de cela, ze vous en prie. — C'est une affaire que ze veux entreprendre pour moi aussi bien que pour vous. — Moi, ze ne puis pas rester sans rien faire; ze suis du Midi, ze vous l'ai dit. Il faut que ze remue, que ze m'occupe. — Z'ai un prozet. — Ze vous expliquerai ça dans quelques zours. — Commençons d'abord par le commencement. — Tenez, voici un billet de cinq cents francs.

M. Savournin sortit de sa poche un portefeuille et il en tira un billet de banque qu'il remit à M. Ferréol.

— Avec ça, — ajouta-t-il, — vous allez payer vos deux termes en retard et vous vous asseterez ce qu'il vous faut pour vous habiller. — Ze vous attends sez moi dans trois zours. Nous sommes auzourd'hui samedi, venez mardi, le 28.

— Bien, monsieur. — A quelle heure ?

— Ze vous attendrai à deux heures.

— J'y serai.

— Vous savez mon adresse ?

— M. l'abbé Guérard me l'a dite.

— Rue du faubourg Saint-Honoré, n° ***. — Allons, à mardi, mon bon, *qué ?*

— A mardi.

M. Savournin tendit la main à M. Ferréol, lui étreignit violemment la sienne, se leva et sortit en lui répétant :

— A deux heures.

CHAPITRE VIII

Gonzague Ferréol

Monsieur Ferréol n'en revenait pas.

Un bon moment après que M. Savournin l'eut quitté, il était encore dans son cabinet, tenant à la main le billet de banque et le palpant avec un plaisir cupide.

Il y avait bien longtemps qu'il n'avait pas eu une somme semblable en sa possession.

— C'est donc vrai ! — se dit-il.

A peine pouvait-il croire ce qu'il avait vu et entendu.

Pourtant, l'évidence était là.

— Ce cher monsieur Guérard, — pensa-t-il, — c'est à lui que je dois la protection de cet homme riche. — Ah ! que Dieu le bénisse comme il le mérite !

Il y avait plus de vingt ans que Gonzague Ferréol était venu à Paris, car lui aussi il était d'origine méridionale.

Après avoir fait des études passables dans un ancien collège de Jésuites à Fribourg, il ne voulut plus retourner à Ollioules, sa ville natale. — C'est à Paris qu'il voulait faire sa fortune.

Il n'y réussit pas.

Pendant quinze ans, il dut se contenter des modestes appointements qu'il gagnait chez un notaire de la Chaussée-d'Antin où on le plaça.

Un jour, — une somme de huit cents francs ayant été soustraite, — on soupçonna le pieux gratte-papier de ce vol, mais on ne porta pas plainte contre lui, aussi bien par commisération que par égard pour les pères jésuites ses protecteurs; on se contenta de le congédier.

Nous devons dire que le notaire manquait absolument de preuves et que Gonzague Ferréol protestait vivement de son innocence, en prenant la sainte Vierge à témoin de son honnêteté.

Il s'établit agent d'affaires, carrière ouverte à tous les gens véreux de la basoche.

Ce métier, quoique aussi facile que louche, ne l'enrichit pas.

Ferréol eut d'abord un cabinet dans le voisinage des Halles, mais il dut l'abandonner au bout de quatre ans. — Il le vendit pour deux mille francs afin de liquider une situation assez épineuse.

C'est alors, au mois d'Avril 1875, qu'il vint à la rue Saint-Marc, où ses affaires ne prospérèrent pas davantage.

Si jamais l'expression « tirer le diable par la queue » put être bien appliquée, ce fut à notre dévot personnage.

Mais le saint homme trouvait, — parait-il, — des consolations dans la religion.

Tous les matins, il allait entendre la première messe à l'église de Notre-Dame-des-Victoires et il ne manquait jamais les sermons des prédicateurs célèbres.

Ce fut une retraite pour les hommes du monde, prêchée par l'abbé Guérard dans la chapelle de la rue des Écuries-d'Artois, qui l'amena comme pénitent aux pieds de l'ancien curé de Glamondans, pendant le mois de Décembre 1875.

La sympathie que ce prêtre lui inspira fut si grande qu'il lui eut bientôt confié ses malheurs et qu'il le mit au courant de sa vie infortunée.

L'abbé Guérard l'encouragea, l'exhorta pieusement et, ce qui vaut mieux, lui promit de s'occuper de lui.

En sa qualité de directeur de conscience des dames du grand monde, — car telle était la position de l'ancien pasteur des Vosges, — M. Guérard avait de nombreuses et de hautes relations. Il était à même de rendre bien des services.

Sa petite maison, contiguë à sa chapelle, ne désemplirait pas de visiteurs et de solliciteurs si Geneviève, sa domestique, n'avait pas une consigne sévère.

Quand il vint à Paris, il fit ses démarches auprès de l'archevêque, dont il obtint tout ce qu'il voulait, grâce à de puissantes recommandations, entre autres celles du duc de Glamondans, du vicomte de Montperreux, de M. de Radillan, député légitimiste des Côtes-du-Nord, de Mme de Colzance, du colonel de Gheul, du baron de Manglose, et de bien d'autres personnages très influents dans le monde clérical.

Il acheta une maison assez ancienne dans la rue des Écuries-d'Artois et c'est là qu'il fit construire l'élégante chapelle que nous connaîtrons bientôt en détail, ainsi qu'une petite maison de deux étages qui devait être son habitation.

A la même époque, un riche Méridional, — M. Savournin, — faisait construire dans la rue du Faubourg-Saint-Honoré une maison qui s'adossait contre la chapelle de la rue des Écuries-d'Artois et qu'une petite cour en séparait sur une partie.

Est-ce de là que datait la connaissance de l'abbé Guérard et de M. Savournin ? — Ceux qui les connaissaient tous deux le pensaient.

Ce qui est certain, c'est que le prêtre et le riche Marseillais étaient liés par une intime amitié à l'époque où nous en sommes, au mois de Mars 1876.

Un jour, l'abbé Guérard dit à M. Ferréol, après confesse :

— Je me suis occupé de vous.

— Ah ! — fit le pieux personnage enchanté.

— Venez me voir demain matin, chez moi, après ma messe.

L'agent d'affaires de la rue Saint-Marc eut soin de ne pas manquer à ce rendez-vous.

Le lendemain, le prêtre le reçut dans sa salle à manger au moment où, après sa messe, il allait prendre son chocolat.

Il lui dit qu'un de ses bons amis, un Marseillais, M. Savournin, lui avait confié qu'il avait l'intention de faire quelque chose et que, pour l'affaire qu'il projetait, — une agence, sans doute, — il avait besoin d'un homme tel que lui.

L'abbé Guérard vanta la fortune du Méridional et en fit le plus grand éloge.

Il engagea M. Ferréol à aller le voir.

Mais celui-ci, avec quelques hésitations, lui fit comprendre qu'il serait obligé d'attendre quelque temps, car il n'oserait pas se présenter chez M. Savournin avec la mise qu'il avait.

En effet, le pieux personnage était loin d'être dans de bonnes affaires et son costume usé jusqu'à la trame, graisseux et reluisant, son linge qu'une bordure effiloquée ne restaurait plus, son chapeau devenu couleur puce, maculé et hérissé par les pluies dont il n'avait pas été préservé, ses chaussures rapiécées et éculées, tout en lui traduisait une existence bien voisine de la misère.

L'abbé comprit ce sentiment d'amour propre et il était sur le point de lui offrir de lui faire une avance d'argent quand il lui dit qu'il verrait son ami Savournin et qu'il le prierait de venir chez l'agent d'affaires.

Enfin, malgré les susceptibilités que cette perspective éveillait chez M. Ferréol, il fut bien obligé d'accepter cette proposition, tant était grand son désir de se tirer d'un embarras inextricable et de sortir d'une position qui ne lui rapportait même pas de quoi vivre.

Il s'attendait chaque jour à la visite de l'ami de l'abbé Guérard lorsque, — nous avons vu comment, — M. Savournin se présenta chez lui.

*
* *

Le caractère du Marseillais plut énormément au pénitent de l'ex-curé de Gla-mondans.

Sa bonhommie le charma.

Son sans-façon communicatif, cette manière de traiter rondement les affaires en mettant aussi bien les gens à leur aise, lui donna l'aplomb qu'il aurait cru devoir lui faire défaut.

Il comprenait que cet homme, si providentiellement envoyé vers lui par son confesseur, lui ferait une position enviable.

Il sentait que la sympathie de M. Savournin lui était acquise et, du premier coup, il lui avait aussi accordé la sienne.

Mardi, comme cela était convenu, il se rendrait à la rue du Faubourg-Saint-Honoré.

En lui-même il se demandait quel genre d'affaires M. Savournin allait lui proposer.

Que voulait entreprendre cet homme déjà riche ?

Mais, avant toute chose, il fallait que le bonhomme songeât à changer de costume, et il avait hâte de quitter son vieux vêtement qui menaçait de l'abandonner avant qu'il en ait eu l'intention.

IMPRIMERIE D. BARDIN ET Cie

Visite de M. Savournin chez M. Ferréol.

L'acte généreux de M. Savournin n'avait pas eu seulement pour résultat de lui donner les moyens de mettre en relief sa personne en la parant d'un habillement plus convenable. — Les cinq cents francs qu'il avait reçus allaient encore lui permettre d'effacer un vestige du passé, d'anéantir une opération qui pesait sur cette sorte de conscience qu'éveille chez les gens peu honnêtes la crainte salutaire de la justice et de la prison.

Aux prises avec les plus urgents besoins, ne pouvant plus gagner l'argent nécessaire à son existence, M. Ferréol avait été conduit dans une impasse qui n'aboutit qu'à la Correctionnelle ou à la Cour d'Assises, selon l'habileté de celui qui s'y engage.

Autrefois, il avait eu recours à un moyen assez habile de se procurer une certaine somme d'argent.

Il s'était rendu chez un bijoutier du boulevard Saint-Martin et il lui avait dit. — après lui avoir montré sa carte d'agent d'affaires, — qu'une de ses clientes, à laquelle il venait de faire gagner un procès, était dans l'intention d'acheter quelques bijoux.

Il se proposait de faire cette affaire lui-même et de gagner sur cette vente une petite commission.

Confiant, bien à tort, en lui, le bijoutier lui avait remis divers bijoux et lui en avait indiqué les prix.

Il était convenu que ces bijoux ne seraient entre les mains de M. Ferréol qu'à titre de dépôt, qu'il rendrait ceux qui ne conviendraient pas, et qu'il rapporterait le montant de ceux que sa cliente choisirait.

Mais, habile autant que peu honnête, l'agent d'affaires besogneux eut soin, avant de quitter le bijoutier, de le prier de lui faire sur une facture de la maison une note des bijoux qu'il lui remettait et d'y indiquer les prix qu'il pourrait oublier.

Le bijoutier sans méfiance accéda à ce désir.

Il pensa même qu'il avait là un gage de la bonne foi et de l'honnêteté de l'agent d'affaires qui faisait établir cette note dans la pensée de bien stipuler la nomenclature et les prix des objets de valeur qui lui étaient confiés.

Mais la pensée de M. Ferréol était tout autre.

Ce qu'il venait de faire là était une habile précaution qui enlevait, grâce à un audacieux mensonge, le caractère délictueux du fait qu'on lui reprocherait.

Il ne revint pas chez le bijoutier.

Son premier soin fut de vendre les bijoux qui lui avaient été remis.

Dès le surlendemain, les craintes du bijoutier étaient changées en soupçons.

Il se rendit chez M. Ferréol et ne le trouva pas.

Il y retourna sans être plus heureux.

Pendant plus d'une heure, il l'attendit même devant sa porte.

Enfin, il le rencontra.

Mais comme l'agent d'affaires ne lui donna pas une solution satisfaisante sur les résultats de sa prétendue négociation, comprenant qu'il avait été victime d'un escroc, il porta plainte au parquet.

L'effet fut immédiat.

M. Ferréol fut mandé chez un juge d'instruction.

Là, avec le plus cynique aplomb, lorsqu'il sut ce qu'on lui reprochait, il prétendit qu'il avait acheté les bijoux et, comme preuve, il exhiba la facture du bijoutier.

En vain celui-ci prétendit-il que ce n'était qu'une note, et que l'acte de M. Ferréol était un abus de confiance, le parquet ne voulut pas poursuivre, sachant que l'on aboutirait à un acquittement.

Ce fut devant le tribunal de commerce que l'escroc dut être assigné et, s'il fut condamné au payement de la prétendue facture, le bijoutier en fut pour ses frais, car rien dans le cabinet d'affaires de la rue Saint-Marc n'avait une valeur saisissable.

Mais il s'agissait cette fois d'une opération bien autrement grave que cet abus de confiance.

M. Ferréol, éperonné par la faim, n'avait pas hésité à commettre un faux qui lui avait procuré quelque argent.

Il avait rédigé, en imitant l'écriture et la signature d'un des clients de son ancienne agence, un billet à ordre de trois cents francs.

Il l'avait escompté chez un usurier qui le lui avait pris pour deux cent cinquante francs parce que la valeur n'était qu'à une échéance d'un mois.

Avec cet argent, M. Ferréol avait pu vivre.

Il comptait sur quelque opération fructueuse pour se procurer les trois cents francs nécessaires au payement de cet effet.

Il avait indiqué sur le billet à ordre qu'il serait payable à un domicile dont il connaissait personnellement la concierge.

L'échéance était précisément le lundi.

La visite de M. Savournin et les cinq cents francs qu'il lui avait remis étaient mieux bienvenus pour lui que ne le fut autrefois dans le désert la manne pour les Israélites affamés.

Dès qu'il aurait acheté un costume neuf, M. Ferréol se rendrait chez cette concierge qu'il connaissait, et il lui remettrait la somme nécessaire au payement du faux billet.

Son crime serait ainsi anéanti.

Plus que jamais, il lui importait maintenant de faire disparaître ce billet, car sa perte serait plus épouvantable si elle survenait au moment où la fortune allait commencer à lui sourire.

Mais il était sauvé, et cette pensée n'était pas pour peu de chose dans l'allégresse qui, née dans son cœur, ne tarda pas à rayonner sur son visage.

Il sortit de chez lui une demi-heure après le départ de M. Martel, et il se rendit directement dans un magasin de vêtements confectionnés, d'où l'homme entré nu comme un ver peut sortir, sinon vêtu comme un prince, au moins passablement habillé.

La maison la plus voisine était au faubourg Montmartre.

En une heure, M. Ferréol avait fait l'achat d'un chapeau haut de forme, d'un costume en cheviotte noire, de trois chemises, de trois paires de chaussettes, de six mouchoirs et d'une paire de chaussures.

On lui donna comme prime une cravate de soie noire étiquetée un franc quarante-cinq.

Ayant sous le bras ses vieux vêtements enveloppés dans une large feuille de papier gris, il revint à son agence.

La concierge eut de la peine à le reconnaître.

Elle comprit que cette métamorphose était l'œuvre du riche Provincial qu'elle avait vu.

— Alors, ça va mieux, n'est-ce pas ? M. Ferréol, — lui dit-elle avec un sourire plein d'espérance et d'intérêt.

— Mais oui, madame, — répondit le pénitent de l'abbé Guérard. — Mes affaires vont prendre une meilleure tournure.

— Ah ! tant mieux !

— Seulement je serai obligé de quitter la maison.

— Ah ! c'est dommage !

— Que voulez-vous ! ce serait trop petit pour moi.

— Et qu'allez-vous faire ?

— Je n'en sais encore rien. — Je pense que je vais m'associer avec un monsieur qui est venu me voir tantôt.

— Ce monsieur du Midi ?

— Vous l'avez vu ?

— Je lui ai indiqué votre cabinet.

— Ah ! fort bien. — C'est un homme immensément riche et qui a besoin de moi pour une grosse affaire qu'il va monter.

— J'en suis bien aise, monsieur Ferréol. — Cela me faisait de la peine de voir que vous ne réussissiez pas.

— Je vous remercie, madame. — Maintenant, au moins, je vais pouvoir payer mon arriéré.

— Tant mieux !

— La semaine prochaine, je pense, je serai en mesure.

Il l'aurait bien pu avec le reste de son argent, car il n'avait pas dépensé le tiers de son billet de cinq cents francs. — Mais il y avait l'effet revêtu de la fausse signature à retirer.

*
* *

Dès le lundi matin, à la première heure, M. Ferréol courut à la rue Montmartre, chez le concierge de la maison où était payable le billet qu'il avait fabriqué.

Celle-ci parut charmée de le voir.

— Ah ! monsieur Ferréol, — s'écria-t-elle, — quelle bonne fortune vous amène ?

— Ma chère dame Gougeon, — répondit le pieux personnage, — ce n'est pas seulement le plaisir de vous voir qui m'amène. Je serais venu plus tôt si mes affaires me l'avaient permis.

— Vous êtes toujours beaucoup occupé ?

— Oui, beaucoup. — Je viens aujourd'hui vous apporter des fonds pour un billet que l'on doit présenter aujourd'hui au nom de M. Berthier, votre ancien locataire.

— Vous êtes donc employé chez M. Berthier ? — questionna Mme Gougeon.

— Non. C'est une commission dont il m'a chargé comme client.

En disant cela, M. Ferréol sortit de son gousset trois billets de cent francs pliés ensemble et il les remit à la concierge en les comptant.

— Un, deux, et trois, — fit-il ; — cela fait trois cents francs.

— Bien, monsieur Ferréol, — dit celle-ci.

— Je viendrai dans l'après-midi prendre le billet.

— C'est entendu.

Et cela fait, le pieux Ferréol se sentit allégé d'un grand poids.

Son faux allait être anéanti.

Le châtiment des faussaires était éloigné de lui.

Il s'en revint fort allègrement chez lui.

Bien qu'il ne lui restât pas grand argent, il songea à faire un bon repas. — Il y avait si longtemps qu'il n'avait pas mangé à son goût, ni même à sa faim.

Il n'avait pas voulu se payer cette petite débauche gastronomique, — il l'aurait pu la veille pourtant, — avant d'avoir soulagé son esprit de l'inquiétude que lui causait ce billet Berthier.

Ce fut un établissement Duval qu'il avisa.

Il se rendit au boulevard Poissonnière, à l'angle de la rue Saint-Fiacre et monta au premier étage du restaurant.

Dam! il ne pouvait pas encore s'offrir les menus de Maire, de Durand, de Brébant ou de Marguery.

Enfin, la cuisine de Duval lui suffisait.

Il mit près d'un quart d'heure à consulter la carte.

Ah! c'est que M. Ferréol, méridional et dévot, aimait la bonne chère et les fins morceaux.

Assis dans un coin écarté, à une petite table, il étudiait le menu du jour.

Enfin, il se décida.

— Quel vin? — demanda la servante.

— Beaune première, — répondit M. Ferréol.

Il aimait, paraît-il, les crus bourguignons.

— Et ensuite?

— Un turbot mayonnaise.

Quand on l'eut servi, il mangea en dégustant, lentement, savourant chaque bouchée.

Il buvait avec componction.

Puis, il commanda un filet jardinière, des asperges à l'huile, un camembert et une crème chocolat.

Il lui fallait du café et un petit verre.

L'addition ne fut que de cinq francs soixante-cinq centimes.

Alors, tout joyeux, de fort bonne humeur, très satisfait de lui, il reprit le chemin de la rue Montmartre.

— Le billet doit être venu vers onze heures, — se dit-il en route.

Et consultant l'heure à l'horloge du journal *la France*, il ajouta mentalement :

— Il est deux heures et quart ; Mme Gougeon doit l'avoir.

Dès qu'il parut :

— Je n'ai pas encore votre billet. — lui dit la concierge.

Cela le surprit.

— Tiens ! — s'écria-t-il. — pourtant...

— Le garçon de recettes de la Banque n'est pas venu, et pourtant je l'ai vu passer vers dix heures.

— C'est étonnant! — fit Ferréol.

Déjà une appréhension s'emparait de lui.

Il sortit son portefeuille crasseux et consulta une note.

— Je ne me suis pas trompé, — ajouta-t-il. — C'est bien pour aujourd'hui.

Et il se dit tout bas:

— Parbleu! Je suis bien sûr de ne pas me tromper.

— Voulez-vous que je vous remette l'argent? — lui proposa Mᵐᵉ Gougeon.

— Non, le garçon peut avoir oublié le billet et revenir... ou peut-être n'est-il pas à la banque, s'il n'a pas été négocié.

— Comme vous voudrez, monsieur Ferréol.

— Je reviendrai à quatre heures.

Mais M. Ferréol eut beau faire, il ne put parvenir à chasser l'angoisse qui était entrée dans son âme.

Il lui semblait qu'un malheur le menaçait.

Il ne savait que croire, que penser.

Qu'était-il arrivé?

Qu'est-ce que ce billet était devenu?

Pourquoi ne l'avait-on pas présenté?

N'y tenant plus, après avoir demandé conseil à un petit verre de chartreuse et à un bock qu'il prit sur le boulevard Montmartre, il attendit quatre heures.

Le billet n'était pas revenu.

Il courut alors chez l'usurier qui le lui avait escompté.

Celui-ci lui dit qu'il avait négocié cet effet qui faisait partie d'un bordereau remis à son banquier.

Il lui demanda l'adresse du banquier.

C'était la maison Vidrequin et Cⁱᵉ.

Mais les bureaux étaient fermés quand l'agent d'affaires de la rue Saint-Marc s'y présenta.

L'inquiétude grandissait.

La nuit, fut une nuit sans sommeil.

Dès le matin, M. Ferréol courut chez le banquier.

Le caissier consulta son compte de « portefeuille » et son carnet d'échéances. — Il trouva un billet de trois cents francs au nom de M. Berthier, rue Montmartre.

Cet effet avait été passé à la Banque de France au crédit de la maison.

Mais comment le retrouver?

Il fallait s'adresser au garçon de recettes du quartier Montmartre.

Le billet serait chez l'huissier.

Mille conjectures traversaient l'esprit du protégé de l'abbé Guérard. — Aucune ne le satisfaisait.

A midi; il déjeuna moins joyeusement que la veille. — Il faut avoir été en proie aux mêmes angoisses que M. Ferréol pour comprendre l'influence que le cœur a sur l'estomac.

Pour le moment, il s'agissait d'autre chose.

A deux heures, M. Ferréol devait aller à la rue du Faubourg-Saint-Honoré, chez M. Savournin qui l'attendait.

Il se composa un visage exempt des pâles empreintes de l'inquiétude et il partit.

CHAPITRE IX

Précautions

Monsieur Savournin occupait à la rue du Faubourg Saint-Honoré un superbe appartement.

La maison, située entre l'avenue Friedland et la rue de Berri, lui appartenait.

Il habitait le premier étage.

La façade faisait un angle pour suivre un sinus que trace en cet endroit la rue mal alignée.

La concierge, répondant à sa demande, dit à M. Ferréol :

— M. Savournin? — Au premier au-dessus de l'entresol.

L'escalier était recouvert d'un tapis épais. La rampe était en fonte fine peinte blanc et or.

M. Ferréol monta lentement.

Arrivé à la porte palière du premier étage, il tira la poignée de la sonnette. — Une sonnerie électrique se fit entendre.

Dix secondes après une domestique vint ouvrir.

— M. Savournin? — demanda M. Ferréol.

— Monsieur est là.

Et le faisant entrer, la bonne lui demanda :

— Le nom de monsieur pour l'annoncer ?

— M. Ferréol.

Mais déjà on entendait la grosse voix du Méridional qui avait compris que c'était l'agent d'affaires qu'il attendait et qui, de la salle à manger où il se trouvait, criait à sa domestique avec son pur accent marseillais :

— Baptistine, faites entrer ce monsieur.

La porte de la salle à manger ouvrait sur l'antichambre.

La bonne, marseillaise comme son maître, introduisit M. Ferréol.

— Ah ! entrez, mon brave monsieur Ferréol, — fit M. Savournin sans se lever de table. — Vous allez prendre le café avec moi. — Asseyez-vous ! — Baptistine, donnez une tasse pour monsieur.

Et pendant qu'elle obéissait, il continua avec sa même volubilité, tout en serrant la main de l'agent d'affaires :

— Vous allez me goûter ce moka. — C'est moi-même qui le prépare sur la table à l'aide de ce petit appareil..

— Ah ! — fit M. Ferréol...

— Êtes-vous connaisseur ?

— Pas trop.

— Et amateur ?

— Oui... j'aime le bon café.

— Eh bien ! mon bon, vous allez me goûter celui-là. — C'est du pur moka que ze fais venir moi-même d'Acra. — Ze le fais brûler sous mes yeux et ze le fais à table au moment de le prendre. On brûle zuste ce qu'il faut chaque fois, on le moud et ze le fais dans mon petit système. — C'est le seul moyen de boire du bon café.

— Oui, c'est vrai.

— Vous connaissez cet appareil ?

— Non.

— C'est le plus fameux de tous. Ze ne sais pas qui l'a inventé, mais ze vous fiche mon billet que ce n'est pas un imbécile. — Rien ne se perd là dedans, pas un atome de parfum, rien. — Mais seulement il faut que le café soit bon.

M. Ferréol examinait curieusement une petite cafetière, posée sur un réchaud à alcool. — L'appareil entier était nikelé.

M. Savournin, qui avait sans doute des raisons de prolonger la conversation, ajouta :

— C'est à tort, mon brave, que l'on fait des mélanzes de café. Ceux qui font ça sont des ânes. — Ze connais tout ça, les Bourbon, les Martinique, les Haïti, les Caffa, les Saint-Dominguc... Autant vaut de faire du café avec des pois chiches ou avec des glands. — La preuve qu'il n'y a que le moka de bon, c'est qu'on en met dans tous les mélanzes pour donner bon goût au café. Donc, c'est le moka qui est bon. — Eh bien ! si on l'emploie pur, il est bien meilleur que mêlé avec des qualités inférieures qui lui enlèvent son arome.

Pendant que M. Savournin causait, l'agent d'affaires examinait à la dérobée le mobilier de cette salle à manger, le buffet immense en vieux chêne sculpté, les crédences, le dressoir et la table, avec leurs chimères finement travaillées, la suspension en bronze or et vert-de-grisé entourée de girandoles, les tableaux dont un était une superbe marine de Meissonnier.

La bonne avait apporté la tasse demandée.

M. Savournin servit lui-même.

— Il est encore tout chaud, — dit-il, — « Sucrez-vous », mon bon.

Et comme M. Ferréol ne prenait qu'un morceau de sucre avec la pince en argent.

— Allons donc, — fit M. Savournin en plongeant la main dans le sucrier ; —

— Vous allez me goûter ce moka. (Page 48.)

qu'est-ce que c'est que ça un grain de sucre ? Le café doit être chaud, fort et doux.

Et il ajouta deux morceaux de sucre dans la tasse de l'agent d'affaires qui balbutia un remerciement.

— Ze vois que vous avez fait peau neuve, *qué ?* — dit alors le jovial Marseillais.

— Oui, monsieur... oui...

— Ah ! vous en aviez besoin. Ça ne vous va pas mal ce costume. Vous avez tout de suite l'air de quelque chose.

— Hélas ! mon cher monsieur, — fit M. Ferréol avec la modestie la plus hypocrite, — je n'ai pas toujours été heureux.

— Oui, *pechère*, je sais, je sais. — Enfin, ça va marcher maintenant ; fiez-vous à moi. — Ce vieil ami d'abbé Guérard m'a beaucoup parlé de vous et il m'a dit de faire tout ce que ze pourrai. Ze veux vous faire une position.

— Monsieur, — dit alors M. Ferréol d'un air confit, — l'abbé Guérard et vous, vous aurez droit à toute ma reconnaissance.

— Ne parlons pas de ça, mon bon. J'ai besoin d'un homme comme vous, d'un homme habile, intellizent. Ze vais vous dire tout à l'heure ce que ze compte faire. Avant, laissez-moi vous poser une question. Il faut qu'entre nous il y ait la plus entière confiance et que nous zouions, comme on dit, cartes sur table.

— Croyez, monsieur Savournin...

— Oui, l'abbé Guérard, — interrompit le Marseillais, — m'a dit que ze pouvais avoir confiance en vous. Il y a déjà trois semaines qu'il m'a parlé de vous et, sans que vous vous en doutiez, z'ai pris mes petits renseignements. Il n'y a pas à vous formaliser ; z'aime à savoir à qui z'ai affaire.

Ces paroles amenèrent un nuage d'inquiétude sur le visage de l'agent d'affaires.

M. Savournin, qui l'observait à travers les verres de son lorgnon, tout en jouant avec la grosse chaîne de gilet de sa montre, continua :

— Ze vous connais, mon brave, comme vous-même. Ze sais tout ce qui vous concerne. Mais tout ce que ze sais, c'est lettre morte. Ah ! pour ça, vous savez, ze suis muet comme une tombe sans pitaphe.

Déjà M. Ferréol se demandait jusqu'où allaient les renseignements que M. Savournin possédait.

Il s'efforçait d'empêcher son inquiétude de devenir apparente.

Le Marseillais reprit :

— Té, ze vais vous prouver que z'ai de bonnes intentions et que ze suis bien disposé pour vous.

En disant cela, il sortit son portefeuille, en ouvrit la poche fermée et en tira un papier plié.

— Z'ai voulu vous faire une surprise. — Connaissez-vous ce billet ?

M. Savournin avait déplié le papier.

Du premier coup l'agent d'affaires reconnut la signature Berthier qu'il avait imitée.

Il avança la main pour le prendre.

Mais M. Savournin, qui savait que M. Ferréol avait reconnu le billet, le replia et le renferma de nouveau dans son portefeuille.

La stupéfaction empêchait M. Ferréol de parler.

Son teint était livide.

Une sueur froide perlait à son front et à ses tempes.

Il se demandait avec les plus cruelles angoisses ce qu'il allait faire étant au pouvoir et à la discrétion de cet homme.

Puis, il se posait mentalement des questions qu'il ne pouvait résoudre.

Comment M. Savournin avait-il connu l'existence de ce billet ? — Lui seul et son confesseur le savaient.

Toutes ses pensées se heurtèrent et se cahotèrent dans sa tête avec une rapidité vertigineuse, ne lui laissant pas le loisir de la réflexion ni du raisonnement.

Un large sourire était sur le visage bonhomme de M. Savournin qui se rendait bien compte de ce qui se passait chez l'agent d'affaires.

— Vous êtes tout surpris de voir que z'ai ce billet, *qué?* — lui demanda-t-il.

— Oui,... — fit M. Ferréol d'une voix presque éteinte, — en effet...

— C'est la chose du monde la plus simple, mon bon. C'est moi qui l'ai payé.

— Vous !

— Ze me suis dit: « Ce brave M. Ferréol, ze lui ai remis cinq cents francs, mais si ze lui laisse payer ce billet, il ne va pas lui rester grand'chose ». Et alors ze l'ai payé moi-même... pour vous épargner cette dépense.

Le ton était si naturel que M. Ferréol ne savait plus que penser. Il fallut, pour comprendre ses intentions, que M. Savournin eût ajouté :

— Ze savais bien que M. Berthier aurait laissé protester ce billet, d'autant plus facilement qu'il en ignore l'existence ; alors, c'est vous, mon bon, qui auriez été oblizé de le payer, puisqu'il est à votre ordre et que vous l'avez endossé.

Alors, M. Ferréol comprit qu'il était au pouvoir de cet homme.

Mais la réflexion maintenant lui vint plus rapidement en raison du calme qui se produisit dans son esprit troublé.

Sans se rendre compte de ce changement, il cessa d'avoir peur et de redouter les conséquences de son faux.

M. Savournin ne jugea pas à propos de lui donner l'explication de ce qu'il avait fait.

Mais, pour que l'on connaisse bien le caractère du Méridional qui se disait l'ami de l'ex-curé de Glamondans, il est utile que nos lecteurs sachent ce qui s'était passé.

*
* *

Le lundi 27 Mars 1876, jour de l'échéance du faux billet, — nous ne tarderons pas à apprendre comment M. Savournin connaissait ce fait, — le jovial Marseillais arriva dans son coupé de louage à quelque distance de l'ancien domicile de M. Berthier, où le billet était payable.

Il était environ neuf heures.

Conformément à l'ordre qu'il avait reçu, le cocher jeta sa couverture sur le dos de son cheval et attendit sur son siége, comme si l'attente devait être longue.

A l'intérieur du coupé, M. Savournin était attentif et ne perdait pas de vue la maison en question.

Vers dix heures et quart, il aperçut un garçon de recettes de la Banque de France qui entrait dans un magasin de cordonnerie.

Aussitôt, il sortit de sa voiture et entra dans la maison où Mme Gougeon était concierge.

Il fit cela d'un air distrait, et, à peine arrivé au milieu du vestibule, il se ravisa comme quelqu'un qui se trompe de porte et il ressortit.

Sur le trottoir, presque devant la porte, il rencontra le garçon de recettes, — conformément à ce qu'il avait combiné.

— Ah ! — fit-il alors, sans le moindre accent marseillais, — justement j'allais sortir.

Et comme l'employé de la Banque le regardait surpris.

— Vous avez un billet pour moi, — dit M. Savournin, — un billet de trois cents francs, M. Berthier.

— Ah! parfaitement... oui, monsieur.

— Si vous voulez me le remettre, je vais vous le régler, cela m'évitera d'aller faire la queue à la Banque.

Le garçon de recettes ouvrit son portefeuille.

Il chercha le billet.

Il ne connaissait pas M. Berthier.

D'ailleurs, les gens qui payent pour d'autres sont si rares, qu'il n'eut pas l'ombre d'une méfiance.

— Voilà ! — fit-il en remettant un effet de commerce.

M. Savournin avait préparé trois billets de banque.

— Trois cents francs, — dit-il.

— Merci, monsieur.

— C'est moi qui vous remercie.

Le bonhomme jeta les yeux sur la signature du billet souscrit à l'ordre de M. Ferréol.

Un sourire s'esquissa aux commissures de ses lèvres.

Il regagna sa voiture qui partit aussitôt dans la direction du faubourg Saint-Honoré.

En route, il se dit :

— Maintenant, je tiens mon gaillard. — Mais je n'ai pas besoin de m'inquiéter sur son compte. Il est besogneux, il acceptera n'importe quoi. C'est bien l'homme qui me conviendra, je n'aurai qu'à lui faire voir que ce billet est en ma possession pour qu'il compren ne que désormais il est à ma merci. Il est intelligent.

Et fort satisfait de son habileté :

— Voilà comment on s'y prend, — se dit-il encore. — Voilà un homme dont le dévouement pour moi ne connaîtra plus de bornes. — Seulement... il faut que je le surveille et que j'évite qu'il ait avec l'abbé Guérard d'autres rapports que ceux de pénitent à confesseur. — Il me sera même très utile de savoir ce qu'il pensera de M. Savournin... Il ne se doute pas de l'intimité qui existe entre l'abbé et moi.

CHAPITRE X

Un seul homme en deux personnes

En effet, M. Ferréol, malgré toute son habileté, ne pouvait se faire une idée de la vérité.

L'intimité qui existait entre l'ex-curé de Glamondans et M. Savournin était telle, qu'ils ne faisaient qu'une seule et même personne.

Nous avons dit que lorsque l'abbé Guérard abandonna le presbytère des Vosges et vint à Paris faire construire la coquette chapelle de la rue des Écuries-d'Artois, on pensa que des rapports de mitoyenneté créèrent l'amitié qui existait entre le prêtre et le Marseillais.

C'était là l'opinion du monde.

Et, par le fait, on avait souvent vu M. Savournin venir à la rue des Écuries-d'Artois faire visite à son voisin, et d'autre part l'abbé Guérard se rendre chez le riche Méridional.

Tout cela était l'œuvre d'une comédie aussi habilement jouée que savamment conçue.

*
* *

On sait que le curé de Glamondans était possesseur de la lettre de la vicomtesse de Montperreux que lui avait remise la malheureuse duchesse dont il était le directeur de conscience.

Il avait encore d'autres raisons de croire que Mme de Glamondans n'était pas morte victime d'un accident, comme cela avait été dit.

Il était convaincu que le voyage en Sicile, fait à l'instigation de la vicomtesse de Montperreux, n'avait eu pour but que la mort de la duchesse.

Il était persuadé que le duc était l'assassin de sa femme.

L'abbé Guérard affectionnait particulièrement la duchesse dont il avait pu apprécier les délicates qualités de cœur, et dont l'adorable visage n'était qu'un pâle reflet de son âme d'élite.

Au contraire, il n'aimait pas M. de Glamondans.

Le duc, malgré son extraction aristocratique, et bien qu'il appartînt au parti du trône et de l'autel, était, au fond de l'âme, voltairien, comme tous les hommes du monde vivant dans le siècle de l'intelligence.

Son banc armorié dans la petite église de Glamondans n'était occupé qu'aux jours des grandes fêtes religieuses, parce qu'il pensait qu'il ne pouvait faire différemment en ces occasions solennelles et que, devant l'exemple aux gens de son pays, il ne pouvait se soustraire à cette obligation à cause de sa grande notoriété.

En outre, il y avait entre le duc et le prêtre une secrète antipathie qui ne se basait sur aucun point nettement déterminé, qui n'avait pour cause aucun fait réel, car ils étaient mutuellement dans leurs rapports d'une politesse irréprochable, exempte même de la plus invisible froideur.

Cette antipathie n'avait d'autre motif qu'un sentiment né du simple contact.

Il en était de même à l'égard du vicomte et de la vicomtesse de Montperreux.

Le vicomte n'était pas antipathique au curé de Glamondans, qui le connaissait, d'ailleurs, fort peu.

M. de Montperreux, gentleman parfait, mondain dans toute l'acception la plus exacte du mot, ne vivait que dans la haute société à laquelle il appartenait par sa naissance et par son immense fortune.

Il était presque toujours à Paris.

La vicomtesse, depuis son mariage, s'était tenue très éloignée de l'église et de son pasteur.

Elle avait, de plus, dans ses rapports avec l'abbé Guérard, un air dédaigneux qui avait particulièrement irrité le prêtre qu'elle considérait comme un homme d'un rang très inférieur au sien, contrairement aux mœurs de l'aristocratie qui veulent que le clergé marche de pair avec la noblesse.

On comprend aisément quelles furent les pensées du curé de Glamondans à l'égard du duc et de la superbe vicomtesse, le jour où il découvrit que la mort de la duchesse pouvait être leur œuvre.

Il résolut de découvrir la vérité.

Il jura de venger la mort d'Aimée, — mais plutôt de faire expier à ses auteurs criminels l'aversion qu'ils lui avaient maintes fois manifestée.

Nous savons que c'est à la suite de ces faits qu'il quitta le presbytère de Glamondans et qu'il vint habiter à Paris.

À ce moment, un autre travail s'était fait dans la pensée de l'abbé Guérard.

Il avait trouvé un moyen de tirer parti de l'œuvre qu'il avait conçue et de réaliser sur les crimes des autres des bénéfices considérables.

Il connaissait bien d'autres mystères de sang et de hontes que ceux ensevelis au château de Glamondans.

Dès qu'il fut à Paris, il acheta deux maisons qui étaient à vendre à la rue des Écuries-d'Artois, et à cause des ouvrages de démolition et de reconstruction qu'il allait entreprendre, il dut entrer en rapports avec le baron de Ducis, propriétaire de l'immeuble sis dans la rue du Faubourg-Saint-Honoré, contre lequel étaient adossées les deux maisons qu'il allait faire démolir pour édifier son aristocratique chapelle et son habitation personnelle.

Il s'agissait de travaux de soutènement à exécuter pour empêcher la ruine du mur mitoyen.

Le baron de Ducis était très âgé. Cette maison de la rue du Faubourg-Saint-

Honoré l'ennuyait et, dès la première visite de l'abbé Guérard, il lui dit en causant :

— Ah ! si je pouvais me défaire de cette maison, dussé-je y perdre quelque chose, je vous jure, monsieur l'abbé, que je le ferais volontiers.

L'abbé lui demanda :

— Vous n'avez jamais songé, peut-être, à trouver un acquéreur, monsieur le baron ?

— Non, du tout. — Ces affaires-là m'ennuient. Pour quelques années qui me restent à vivre, je ne veux pas me causer du tourment. La baronne de Ducis fera ce qu'elle voudra quand je ne serai plus. — J'ai bien dit à mon notaire de me trouver un acquéreur pour tous mes immeubles ; il m'en a déjà vendu plusieurs, et pour celui-là il semble que c'est impossible.

— Vraiment !

— Je ne sais pas ce qu'a cette maison... — Elle est fort ancienne, c'est vrai.

— Je crois que mon architecte a des ordres d'achat, — dit le prêtre, — et si vous voulez que je lui fasse connaître vos intentions de vendre, monsieur le baron, je puis m'en charger.

— Je le veux bien, monsieur l'abbé.

— Puis-je savoir quel prix vous demandez de cet immeuble ?

— Mon Dieu ! ce qu'on voudra. — Au cadastre, il est estimé deux cent trente mille francs, mais ce n'est pas là sa valeur.

— Parfaitement. — Que rapporte-t-il ?

— Ma foi, je n'en sais rien, pour ne pas mentir. Mais si votre architecte veut bien s'entendre avec mon notaire, il le renseignera.

— Fort bien.

— C'est M⁰ Duverdy, rue de la Victoire.

*
* *

Trois jours après cette entrevue, l'abbé Guérard partait pour Lyon en coupé-lit.

Pendant ce temps, on démolissait la partie antérieure des deux maisons qu'il avait achetées dans la rue des Écuries-d'Artois.

Quand l'ex-curé de Glamondans revint à Paris, deux jours après son départ, il s'appelait M. Savournin et il avait pris le type de Méridional que nous connaissons.

Il descendit à l'hôtel de Bade.

Le lendemain, il se rendit chez le notaire du baron de Ducis.

L'acquisition de la maison de la rue du Faubourg-Saint-Honoré ne fut pas longue à traiter.

Le faux Marseillais s'adressa ensuite à un architecte qui se mit en rapport avec celui de l'abbé Guérard, — absent de Paris en ce moment.

Après avoir fixé avec son architecte le plan de sa maison, le faux Marseillais en surveilla les travaux pendant quelque temps, puis il repartit.

Ce fut au tour de l'abbé Guérard de reparaître.

Les deux constructions marchèrent de pair et furent achevées en même temps.

Il importe, pour l'intelligence de ce récit, de connaître la disposition intérieure de ces deux immeubles qui ne devaient, en réalité, être habités que par une seule personne.

Rien d'extraordinaire ne se voyait dans la maison de la rue du Faubourg-Saint-Honoré dont M. Savournin était le propriétaire.

Elle fut élevée de cinq étages sur entresol et rez-de-chaussée, car le faux Marseillais ne devait prendre pour lui que le premier étage.

En prévision du rôle qu'il allait jouer, M. Savournin voulut que l'ameublement fût un cadre bien assorti à son personnage de Méridional riche et vaniteux.

Tout fut ordonné avec ce luxe criard dont le parvenu se plaît à s'entourer ; ce fut un amoncellement de dorures et un confortable prétentieux confinant au mauvais goût, malgré sa richesse éclatante.

Nous connaissons la salle à manger dans laquelle nous avons laissé le prétendu ami de l'abbé Guérard et M. Ferréol.

Le salon, qui était à droite et dont les fenêtres prenaient également jour sur la rue, était meublé à l'italienne et à l'anglaise. — Les tentures, les draperies étaient dans le premier genre, de couleurs voyantes, en étoffes à effet ; les sièges étaient un de ces larges canapés et des fauteuils vastes, de formes carrées, en satin frappé et en peluche formant un encadrement. — Au-dessus du canapé, un médaillon à double cadre, finement doré, avec un large biseau. Sur les murs, on voyait quelques tableaux de prix dans des cadres de grande valeur et de grand effet. Sur la cheminée, une énorme pendule et deux imposants candélabres dorés semblaient à l'étroit. — Il y avait aussi un piano en bois laqué avec garnitures de bronze à appliques doubles. — Un lustre de trente-six bougies plein de cristaux dans lesquels scintillaient des dorures, dominait un guéridon en marqueterie et en bronze doré, recouvert d'un tapis d'Orient. — Le parquet disparaissait sous un tapis moquette aussi moelleux et aussi éclatant que possible. — Dans un grand cadre noir et or, le portrait frappant de M. Savournin, exécuté par un artiste renommé. — Enfin, un plafond fort délicatement peint représentait un sujet qui symbolisait bien le personnage : « La pluie d'or et Danaé », d'après le chef-d'œuvre de Titien.

C'était la pièce principale, avec la salle à manger, car, comme tout bon Méridional, M. Savournin devait savoir faire un dieu de son ventre.

La chambre, placée au bout de l'appartement, était fort simple, en tuya et palissandre, avec tentures en drap rouge ponceau.

Elle communiquait avec un cabinet de toilette dans lequel on voyait un immense placard, dont M. Savournin avait seul la clef et que fermait une serrure de sûreté qu'il avait rapportée, avec plusieurs autres, de Londres.

Dans ce placard, une porte était pratiquée. Elle ouvrait discrètement sur un petit escalier dérobé qui aboutissait dans la partie postérieure de la chapelle de la rue des Écuries-d'Artois contre laquelle la maison s'adossait.

Une chambre de domestique existait dans l'appartement, près du cabinet de toilette du faux Marseillais. — Mais, dans la construction, M. Savournin avait eu la précaution de faire construire des doubles cloisons tout autour de sa chambre et de son cabinet, afin qu'aucun bruit ne puisse être entendu du dehors et qu'il lui

— Je le veux bien, monsieur l'abbé. (Page 5..)

soit loisible d'entrer et de sortir, grâce à son issue secrète, sans que personne s'en doute.

Du côté de la rue des Écuries-d'Artois, l'aspect était tout autre.

On voyait que le goût le plus pur et le plus raffiné avait présidé partout.

La façade de l'aristocratique chapelle, en style néo-byzantin, était un pur chef-d'œuvre. — Au-dessus de la porte, dans une niche, une Immaculée-Conception en marbre valait cinquante mille francs au bas mot.

A l'intérieur, des boiseries revêtaient les murs jusqu'à une hauteur de trois mètres et des sculptures délicates figurant des pilastres de distance en distance et une corniche courant tout autour relevaient le luxe de la nef.

Au-dessus de cette boiserie, le chemin de la Croix était représenté en quatorze tableaux, véritables œuvres de maîtres.

La voûte était peinte à fresque et représentait des sujets bibliques : Adam et Ève chassés du paradis terrestre, le sacrifice d'Abraham, Joseph vendu par ses frères, David et Goliath et la Justice de Salomon.

Dans le chœur, un coquet autel en marbre blanc, relevé par de fines dorures, supportait une croix et des flambeaux en bronze doré. — Des lampadaires du style mêlaient leurs lueurs bariolées à celles des vitraux qui représentaient les quatre évangélistes.

Derrière l'autel, un confessionnal en chêne sculpté, destiné d'un côté aux dames et de l'autre aux hommes, était garni de prie-Dieu en velours rouge et de crucifix en ivoire.

De chaque côté du chœur, deux portes pour le service de la sacristie.

Des bancs en chêne sculpté avec fauteuils et prie-Dieu portant les noms des aristocratiques habitués de la chapelle gravés sur plaques de bronze, garnissaient la nef, qu'une balustrade de marbre et trois gradins séparaient du chœur.

Enfin, une porte ouvrait à droite sur la maison de l'abbé Guérard, afin qu'il pût entrer dans sa chapelle sans passer par la rue.

Le service était fait par un vieux bonhomme du nom d'Hilaire, excessivement sourd, et que l'ex-curé de Glamondans avait connu à l'église de Fourvières lors d'un séjour qu'il fit à Lyon.

C'était bien l'homme qu'il lui fallait, confit en dévotion, bigot jusqu'au fanatisme, admirateur des vertus ecclésiastiques jusqu'à l'aveuglement.

Hilaire servait chaque matin la messe que disait le prêtre, entretenait la chapelle, prenait soin des riches ornements sacerdotaux qui provenaient pour la plupart de cadeaux, et le reste du temps priait comme un moine et lisait le bréviaire auquel il ne comprenait goutte, comme le plus scrupuleux des chanoines.

La sacristie qui s'étendait derrière le chœur ne comprenait que la moitié de la place qui existait. — L'autre était la chambre d'Hilaire, car l'abbé Guérard avait exigé qu'il couchât dans la chapelle.

Dans un recoin était logé l'escalier aboutissant au cabinet de l'appartement de la rue du Faubourg-Saint-Honoré. — Puis, de cet escalier, un corridor secret, construit entre deux murs, garni d'un épais tapis de caoutchouc, longeait le fond de la sacristie, la contournait et aboutissait à un autre escalier, qui mettait en communication l'appartement du prêtre et la chapelle.

L'habitation de l'abbé Guérard était très bien comprise et très coquette, quoique d'un style et d'un ameublement sévères, comme il convient à un ministre des autels.

Au rez-de-chaussée étaient une salle à manger, la cuisine et la chambre de la bonne, une vieille fille nommée Geneviève, point laide, mais ayant l'air mystique d'une extatique, ce qui lui faisait faire un pendant fort réussi avec le sacristain, son commensal ordinaire, — car les deux serviteurs du prêtre prenaient ensemble leurs repas.

Dans le vestibule du rez-de-chaussée était la porte ouvrant sur un petit escalier secret dont nous venons de parler et qui conduisait au premier étage. C'est grâce à cette porte et à cet escalier que l'abbé Guérard pouvait aller dans sa chapelle soit ouvertement, soit clandestinement.

L'escalier aboutissait, comme chez M. Savournin, dans un placard du cabinet de toilette. — Les placards, bien entendu, n'avaient été construits qu'après coup, une fois la construction achevée, par des maçons autres que ceux des architectes.

De même, les portes n'avaient été percées qu'après, afin que personne ne pût soupçonner la communication qui existait entre les deux immeubles de la rue des Ecuries-d'Artois et de la rue du Faubourg-Saint-Honoré.

Au premier étage de la maison de l'abbé Guérard, — que les combles et le toit surmontaient seuls, — il y avait sa chambre et son cabinet de toilette prenant jour sur la cour, et sur le devant son cabinet de travail.

Cette pièce était magnifique.— L'ameublement en bois noir était artistiquement travaillé, les tentures pareilles aux meubles de siège étaient en drap rouge encadré de larges bandes noires, le tout dans le style Louis XVI.

C'est là que l'ex-curé de Glamondans travaillait, là qu'il s'enfermait, — disait-il, — pendant de longues demi-journées, écrivant un important ouvrage de théologie intitulé :

COMPENDIUM THEOLOGIÆ

PHILOSOPHIÆQUE MORALIS

Secundum scripta VV. PP. Ecclesiæ

Dogmata atque decisiones

S. S. CONCILIORUM

Grâce aux précautions prises, l'abbé Guérard pouvait se dédoubler, jouer le personnage du riche Marseillais, et même, — nous devons le dire, — son habileté était si grande que, si les personnes qui le connaissaient avaient su que M. Savournin et le prêtre ne faisaient qu'une seule et même personne, elles l'auraient cru doué du don d'ubiquité.

CHAPITRE XI

Le contrat

ARLONS un peu de nos affaires, mon bon, — dit familièrement le faux Marseillais, tandis que M. Ferréol humait avec componction les dernières gouttes d'un café comme il n'en avait jamais bu.

L'agent d'affaires, que l'air bonhomme de M. Savournin rassurait presque, se disposa à écouter.

— D'abord que prenez-vous comme pousse-café? — questionna le jovial personnage. — De la chartreuse ou du cognac? vous savez, c'est du véritable Armagnac et la chartreuse est authentique; elle est du couvent... — Ah! c'est que, chez moi, il n'y a jamais rien de faux, mon brave.

— Je prendrai un gloria avec votre bon cognac, — dit M. Ferréol d'une voix pateline, traduisant bien sa gourmandise.

— Eh bien! servez-vous, *té!*... faites comme chez vous.

Et il lui passa la bouteille.

Il lui offrit ensuite un cigare en lui présentant une boîte de véritables Havanes.

— Non, merci, — fit le pieux escroc.

— Vous ne fumez pas, *qué?*

— Jamais.

— Tant pis pour vous.

En disant cela, M. Savournin fit flamber une allumette bougie et mit le feu à son cigare.

Quand il se fut assuré qu'il avait bien pris:

— Ze parie, — dit-il, — que vous ne vous doutez pas du zenre d'affaires que nous allons entreprendre tous les deux, mon brave Ferréol?

Cette suppression du mot *monsieur* dénotait une familiarité qui flatta agréablement l'ex-agent d'affaires. — Il se sentit mieux rassuré et, s'il avait eu encore quelque émoi à se trouver à la merci de cet inconnu, il l'aurait vu s'évanouir à l'instant.

Il répondit:

— Non, je ne m'en doute pas du tout.

Mais il jugea à propos d'ajouter immédiatement:

— Quel que soit le travail que vous me destinez, monsieur, vous pouvez être sûr que je m'en acquitterai avec zèle et j'ose même le dire, avec intelligence... Car l'esprit d'assimilation que je possède...

— *Voui*, mon brave ami, — interrompit le faux Marseillais, — ze le sais. L'abbé Guérard m'a dit ce qu'il pensait de vous et ze connais vos talents de *simila-tion*.

Après un court silence employé à juger de l'effet de ses paroles, M. Savournin ajouta :

— Nous allons fonder une azence de mariazes... Hein ! que dites-vous de cette idée, mon bon ?

— Je la trouve excellente, répondit M. Ferréol qui aurait été certainement du du même avis, quelle qu'eût été l'affaire proposée.

— Ze suis convaincu qu'il y a beaucoup d'arzent à gagner dans cette partie. — Qu'est-ce que vous en dites?

— Oui, c'est aussi mon avis... J'ai même connu un agent de mariages, dont vous pouvez voir tous les jours les annonces dans le *Figaro*, qui gagne plusieurs centaines de mille francs par an.

— Parbleu ! ze le sais bien. — Alors, ça vous va, *qué* ?

— Parfaitement.

— Vous vous sentez capable de dirizer une affaire comme ça, hé ?

— Je m'en charge très bien.

— Eh bien ! mon bon, c'est une affaire entendue. Vous êtes directeur d'une grande azence de mariazes. — Qu'est-ce que vous voulez gagner?

— Ma foi, monsieur c'est à vous... Vous savez mieux que moi ce qui est juste...

— Cinq cents francs par mois, ça vous va-t-il?

— J'accepte.

— Z'azoute la moitié des bénéfices.

— Oh ! non, monsieur Savournin, c'est trop, — fit M. Ferréol sans se défendre trop énergiquement.

— Non, mon brave, non, ce n'est pas trop. Quand on travaille, il faut gagner de l'arzent. Z'aime que l'on ait larzement sa vie. Vous aurez le cinquante pour cent de l'affaire. Vous vous y intéresserez mieux comme ça.

— Ah ! vous pouvez être sûr...

— Moi, ze fournis le capital et vous le travail. C'est ce qu'il y a de plus démo-cratique...

— C'est vrai !

— On parle toujours de l'association du capital et du travail qui est la solution de la question sociale, d'après ce qu'on dit ; voilà plus de trente ans que j'entends rabâcher cette rengaine et zamais il n'y a personne qui commence. — Moi, ze suis démocrate et ze donne l'exemple. Ze prêche en action et non en *paraloles* comme le Christ sur la montagne. Ze suis comme ça, moi. — Ze met cent mille francs en caisse, vous rien et nous sommes associés en parts égales. — Ça vous va-t-il, mon brave ?

— Vous savez bien, — répondit M. Ferréol, — que je ferai tout ce que vous voudrez.

— Eh bien ! alors tout est arranzé. — J'étais tellement sûr que ma proposition vous irait comme un gant, que z'ai déjà rédizé l'acte d'association.

— Ah ! vraiment.

— Oui, mon bon, ze suis comme ça en affaires, ze vous l'ai déjà dit : moi, ze suis rond... et carré tout à la fois.

M. Savournin se leva et alla prendre dans sa chambre deux feuilles de papier timbrées sur lesquelles il avait déjà écrit la convention à double exemplaire.

— Écoutez, — fit-il, — ze commence.

Il toussa, rajusta son binocle en or, et tenant une des feuilles de façon à mettre en relief le brillant de sa bague, ayant passé l'autre feuille à M. Ferréol pour qu'il puisse suivre la lecture, il demanda :

— Quels sont vos prénoms ?

— Marie-Joseph-Gonzague, — répondit M. Ferréol.

— Bien, — fit M. Savournin, — ze ne m'étais pas trompé.

— Quoi !... vous saviez ?...

— *Voui*, mon brave, *voui*, ze vous ai dit que z'étais renseigné.

Alors, M. Savournin se mit à lire.

« Entre les soussignés,

« Marie-Joseph-Gonzague Ferréol, agent d'affaires, demeurant à Paris, rue
« Saint-Marc, d'une part,

« Et Marius-Noël Savournin, rentier, demeurant également à Paris, rue du Fau-
« bourg-Saint-Honoré, d'autre part,

« Il est convenu et arrêté ce qui suit :

« M. Ferréol déclare avoir reçu par le présent des mains de M. Savournin, la
« somme de cent mille francs à titre de commandite, pour fonder à Paris une
« agence matrimoniale.

« M. Savournin entend demeurer en dehors de toute opération commerciale ; il
« ne participera pas à la direction de l'affaire ; il n'aura pas qualité pour user de
« la signature sociale ; il ne pourra pas être tenu au delà de la somme de cent
« mille francs ci-dessus stipulée.

« En représentation de sa commandite, M. Savournin aura droit à la moitié des
« bénéfices nets réalisés par l'agence matrimoniale.

« Cette agence est établie rue de la Victoire, 35, au premier étage.

« M. Savournin aura le droit de contrôler les opérations de l'agence et de véri-
« fier les écritures et la caisse.

« La présente commandite est faite pour une durée de cinq années qui commen-
« ceront le jour de la signature du présent.

« Fait à Paris, en double, le vingt-huit Mars mil huit cent soixante-seize.

        « Bon comme dessus.

         « Marius SAVOURNIN. »

— Il ne manque plus que votre signature, — dit le faux Marseillais en ache-
vant.

— Je vais vous la donner, — répondit M. Ferréol.

Et sortant de sa poche un porte-plume et un petit encrier qu'il portait toujours sur lui, il s'apprêta à signer.

— Ah ! ze vois que vous êtes un homme de précautions, — dit M. Savournin en le voyant faire.

— Oui... j'ai toujours cela avec moi... Souvent une affaire dépend de là, car, lorsqu'un client est bien disposé, il signe n'importe quoi, tandis que...

— *Voui*, ze comprends ; si vous lui laissez le loisir de la réflexion, il peut chanzer d'idée... Hé ! hé ! ce n'est pas bête ! ze vois que z'ai eu raison de faire cette affaire avec vous.

M. Ferréol avait écrit sur les deux feuilles :

Approuvé l'écriture ci-dessus
Gonzague FERRÉOL.

— Demain, — dit M. Savournin, — ze porterai les deux feuilles à l'enrezistrement.

— Et...

— Les cent mille francs ? — C'est zuste. Les voici.

Le jovial bonhomme sortit alors de son portefeuille un chèque sur la Banque de France, sur lequel la somme indiquée était écrite, et il le remit à l'agent d'affaires qui chercha à trouver une excuse pour ne pas avoir l'air d'avoir paru méfiant et qui dit en balbutiant :

— Ce n'est pas de cela que je voulais parler... Je sais bien que... Je voulais dire : Comment se fait-il que vous ayez indiqué sur l'acte l'adresse de la rue de la Victoire ?

— Ah ! c'est zuste, mon cher, c'est zuste ! Je n'y pensais plus. — Tenez, z'ai encore ça à vous remettre.

Il prit un nouveau papier dans son portefeuille.

— Qu'est-ce que c'est ? — demanda M. Ferréol en le recevant.

— C'est l'engazement de location de l'appartement que z'ai loué pour y établir notre azence de mariazes.

— Ah ! vous avez déjà loué...

— *Voui*, mon bon, *voui*, z'ai dézà loué, en votre nom, car c'est vous qui devez traiter toutes les affaires. *Té*, lisez un peu.

M. Ferréol parcourut la feuille.

Il y était dit que le propriétaire de la maison sise rue de la Victoire, 35, lui louait pendant un bail de cinq ans et pour le prix de quatre mille cinq cents francs un appartement situé au rez-de-chaussée.

— Ze savais que ze pouvais compter sur vous, — dit alors M. Savournin. — Z'étais sûr que vous accepteriez ma proposition,

— Je l'accepte des deux mains.

— Bon. — Maintenant, autre chose : — Vous savez, le billet de trois cents francs ?

M. Ferréol redevint subitement pâle.

— Le billet Berthier.

— Oui.

Il dit cela du ton d'un accusé qui s'apprête à entendre la sentence de ses juges.

— Ze vous le rendrai, — fit M. Savournin.

— Ah !... Vous me le rendrez...

— A la fin de notre association.

— A la fin de...

— *Voui*, mon bon, dans cinq ans. — Zuste à ce moment-là, il y aura prescription pour vous. Donc, si vous êtes brave, vous bénéficierez de la prescription... Vous me comprenez, pas vrai ?

— Oui... je comprends.

— C'est ça. Alors nous sommes d'accord sur tout ?

— Je le crois.

— Nous allons aller visiter notre local, voulez-vous ?

— Je veux bien.

— Je passe un instant dans ma chambre pour mettre mon pardessus et ze suis à vous. — Nous avons ma voiture qui nous attend devant ma porte.

M. Savournin sortit un moment de la salle à manger et on l'entendit crier :

— Baptistine, viens m'aider à passer mon pardessus, *qué* ?

M. Ferréol réfléchissait à son billet.

Maintenant il était rassuré. — Il était évident que son nouvel associé avait voulu en agissant ainsi s'assurer une garantie contre lui. — Il n'avait donc rien à craindre.

Mais il se demandait avec anxiété, et sans pouvoir répondre d'une manière satisfaisante à sa question :

— Comment a-t-il su que j'avais fait ce billet ?... Il n'y a que moi qui le savais. — Je m'en suis bien accusé en confession à l'abbé Guérard, mais... Non, M. Guérard est un saint homme..., et puis le secret de la confession est inviolable, il est sacré, il a eu ses martyrs... Ce n'est pas l'abbé Guérard qui lui a dit cela.

Quel diable d'homme est donc que ce M. Savournin ?

Il était vêtu de la livrée éclatante que le pseudo-parvenu avait fait confectionner.
(Page 72)

CHAPITRE XII

L'agence Ferréol et Cie

CHEMIN faisant, tandis que le coupé de louage roulait vers la rue de la Victoire, M. Savournin et M. Ferréol causaient de leur agence matrimoniale.

— Moi, — dit le faux Marseillais, — ze me charze de vous amener des affaires en masse, mon cher.

— Vous !

— *Voui*, moi. — Ze connais un tas de zolies filles de bonnes familles, riches à millions, qui, lorsque leurs parents sauront que ze suis dans cette affaire, ils les feront marier par nos soins.

— Est-ce possible?

— Ze vous le garantis, foi de Savournin !

— Ce sera merveilleux !

— Ze vous assure, mon bon, que vous allez avoir en main la plus belle affaire qu'il soit possible. — Vous n'avez qu'à vous fier à moi.

— Oh ! M. Savournin, j'ai toute confiance en votre expérience...

— Vous allez voir le local que z'ai choisi pour cette azence... On ne peut rien trouver de mieux. C'est un rez-de-chaussée et ce n'est pas un rez-de-chaussée, tout à la fois.

— Ah !... — fit M. Ferréol qui ne comprenait pas.

— Ze vais vous faire comprendre, — dit M. Savournin. — Il y a une belle entrée, une porte larze, magnifique. Puis on monte quatre ou cinq marches d'escalier en marbre et on trouve la porte des bureaux de l'azence ; vous comprenez ?

— Oui, fort bien.

— D'ailleurs, vous allez le voir. — Il y a comme une espèce de basses-offices dessous notre appartement, de façon que ce n'est pas au niveau de la rue comme un rez-de-chaussée.

— Je comprends.

— Et puis, nous sommes seuls, mon cher. — C'est ça qui est avantazeux ! — Pas d'escalier ! Pas de locataires ! Pas de concierzes ! Rien !

— Alors c'est tout à fait pour nous.

— On l'aurait fait faire exprès que cela ne serait pas mieux. — Au-dessus de la porte, nous allons faire mettre une grande enseigne, une grande plaque de marbre noir avec l'inscription en grandes lettres d'or. — Il faut que ce soit mazestueux.

— Oh! ce sera beau !

— Epatant ! — Voyez-vous, il faut épater les Parisiens. Il faut leur faire voir que quand les Marseillais s'en mèlent, ils ne sont que de la Saint-Zean. — Dessus la plaque de marbre nous ferons graver : « *Azence matrimoniale, maison Ferréol et compagnie.* » — Ça fait bien : *compagnie*, pas vrai ?

— Oui.

— Ça sonne mieux ! ça inspire confiance ! Les zens se disent : « Compagnie, c'est quelque gros capitaliste qui est là-dessous ». — Et alors on pense que la maison, elle a les reins solides.

— Vous avez raison.

— Puis, nous mettrons encore : *fondée en 1845*. C'est ça qui fait bien. On dit : « Bigre ! c'est une vieille maison ! trente et un ans d'existence ! » — Et les clients arrivent.

— Vous connaissez ça comme si vous aviez été commerçant toute votre vie.

— Non, mon cher, non. Ze n'ai zamais été commerçant. Mais z'ai la bosse du commerce. Ça me vient tout seul. — Z'ai touzours été rentier, comme mon père.

— Ah !

— C'est un bon métier ! mais, le chiendent c'est que les outils sont un peu chers... hé ! hé ! hé !

Le faux Marseillais riait de ses facéties avec un naturel admirable.— Il pouvait se vanter d'être un habile comédien.

Rien n'était négligé dans le rôle qu'il jouait ; rien n'était laissé au hasard.

Il était impossible que M. Ferréol se méfiât le moins du monde de lui. Il avait l'air si bon homme ! il était si jovial ! Sa gaieté et sa bonhomie étaient communicatives et son expression de visage était si ouverte, qu'il inspirait la confiance.

Sa grime était invisible ; elle était quasi nulle.

Le visage de l'abbé Guérard était connu, mais dans un monde tout autre que celui qui devait désormais servir de théâtre à M. Savournin. — Un seul homme connaissait les deux personnages : c'était M. Ferréol.

L'habile comédien le mettait bien mentalement au défi de reconnaître le prêtre aristocratique de la rue des Écuries-d'Artois dans le Marseillais, et de trouver quelque ressemblance entre M. Savournin et le directeur de conscience des dames du grand monde.

Et pourtant, un lorgnon en or, aux verres légèrement fumés, cachaient seuls les regards perçants de l'abbé Guérard devenu M. Savournin. — Sur son visage complètement rasé, il n'avait ajouté que deux petits favoris gris descendant à la longueur de l'oreille.

Il n'avait aucune grime, aucun maquillage sur le visage. Mais il était si habile dans l'art de se composer une expression de physionomie, il savait si bien prendre ce rire large, ces traits de jovialité méridionale, que la métamorphose était complète sans l'aide d'aucun artifice.

M. Ferréol l'admirait sans relâche.

Il se félicitait intérieurement d'être aux mains d'un pareil homme et il sentait que sa fortune allait bientôt être faite, grâce à lui.

N'avait-il pas déjà dans sa poche ce chèque de cent mille francs qu'il encaisserait le lendemain même ?

M. Savournin continua l'exposé de ses projets.

— Sur le petit escalier, — dit-il, — nous ferons mettre un beau tapis.

— Oui, — opina l'ex-agent d'affaires, — cela fera très bien.

— Ah ! mon cher Ferréol, c'est comme ça qu'on doit faire, si on veut gagner de l'arzent. — Vous connaissez le proverbe de Marseille, *qué ?*

— Lequel ?

— *Qué pinté, vendé !*

— Ah ! oui, celui qui peint bien sa marchandise la vend.

— C'est ça, mon bon, c'est ça. Eh bien ! ne l'oubliez zamais. C'est la pierre triangulaire du commerce. Une belle étiquette sur la bouteille, et puis dedans de l'eau de Lourdes, si vous voulez... Hé ! hé ! hé !

M. Ferréol se mit aussi à rire.

Alors, lui poussant le coude avec une gaieté familière :

— Ah ! si ce brave ami d'abbé Guérard m'entendait, *qué !* — dit M. Savournin. — Il me ferait des yeux de langouste en colère. — C'est que lui, mon cher, il ne plaisante pas sur le chapitre de la « bonne mère ».

.A ce moment, la voiture s'arrêta.

On était arrivé devant le numéro 33 de la rue de la Victoire.

***

Le local était bien ce que le faux Marseillais venait de dire.

C'était une sorte de semi-rez-de-chaussée qu'avait occupé jusqu'à ce jour un architecte.

L'entrée était très convenable.

Les pièces avaient une hauteur de plafond très satisfaisante. — La décoration était en bon état et confortable.

La première pièce, très spacieuse, avait un revêtement à mi-hauteur en boiseries peintes gris et or.

— Ici, — fit M. Savournin, — ça fera un beau salon pour faire attendre les zens.

— Oh ! oui, une jolie salle d'attente, — approuva M. Ferréol.

— Nous allons meubler ça avec chic... Il faut des choses qui représentent bien. Un beau tapis, un lustre, des tableaux, des canapés... enfin tout ce qu'il faut, quoi !

— Mais cependant, — essaya l'ex-agent d'affaires qui voulut faire montre d'économie, — il ne faut pas gaspiller l'argent.

— Hé ! qu'est-ce que ça fait, mon bon. — L'arzent, voyez-vous, c'est comme le blé : on sème un grain, il pousse un épi.

— Oui, c'est vrai.

— Il ne faut pas ménazer... quand on fait les choses, il faut les faire chiquement, voilà. — Venez voir cette autre pièce.

Il le conduisit dans une pièce ouvrant sur ce salon et qui était éclairée par un plafond à ciel ouvert, prenant jour dans la cour d'un hôtel meublé qui fait l'angle de la rue de la Victoire et de la rue Saint-Georges.

— Dans cette pièce, — dit M. Savournin, — nous mettrons les employés.

— Ah ! oui, le comptable.

— Le comptable, le caissier, enfin les gratte-papier, quoi ! — Venez par ici. — Ce petit salon, ce sera le cabinet d'une dame, car je ne vous ai pas encore dit qu'il faut une dame dans l'affaire.

— Ah ! vous comptez...

— Voui, mon cher, voui, une dame, c'est indispensable dans une azence comme la nôtre. Il y a des dames à recevoir, des petites affaires délicates à traiter... vous comprenez, hé ?

— Oui, fort bien.

— Z'ai, d'ailleurs, en vue une dame très bien que ze vous présenterai dès que nous serons installés.

— Volontiers.

— Enfin, cette pièce, au fond, ce sera votre cabinet.

— Elle est très jolie.

— Et voilà ! — Maintenant, il ne faut pas perdre de temps, parce que z'ai des affaires qui pressent. — Vous n'avez pas à vous occuper de l'achat du mobilier ; ze m'en charge. Il faut quelque chose de riche, de grandiose. Ze connais une bonne maison dans la rue Vivienne où nous aurons tout ce qu'il nous faut et aussi chic que possible. C'est là que z'ai acheté mon mobilier. — Ze ferai comme pour le bail. On fera les factures à votre nom et vous payerez.

— C'est juste, c'est moi qui ai l'argent.

— Vous, aujourd'hui, vous allez vous occuper de l'enseigne. Allez chez un marbrier, donnez-lui le texte de l'inscription, et faites-moi graver ça en grosses lettres en or.

— Vous pouvez vous fier à moi.

— Et qu'il ne ménaze pas la dorure, *qué !*

— Je le lui recommanderai.

— Quelque chose qui se voie de loin. — N'oubliez pas surtout : *fondée en* 1845.

— Je me souviens.

—. Pour tout le reste, c'est mon affaire. Vous n'avez à vous occuper de rien. Il faut que dans huit zours la maison Ferréol et Ce soit ouverte. — Ze vais ,vous laisser et ze me rends chez le marchand de meubles.

M. Savournin remit les clefs qu'il possédait à M. Ferréol, qui le reconduisit jusqu'à son coupé de louage.

Le faux Marseillais donna à son cocher l'adresse du tapissier et la voiture fila.

*
*   *

Dès que M. Savournin fut parti, l'ex-agent d'affaires songea à ses trois cents francs déposés chez Mme Gougeon, la concierge de la rue Montmartre.

Il savait maintenant ce qu'était devenu son billet orné de la fausse signature de M. Berthier, et il n'avait pas autre chose à faire qu'à aller retirer son argent.

C'est ce qu'il fit.

Il se rendit à la rue Montmartre.

— Eh bien ! vous savez, — dit Mme Gougeon dès qu'elle l'aperçut, — votre billet n'est pas venu.

—'Oui, je sais, — répondit. M. Ferréol, — je m'étais trompé d'échéance. — Ce n'est pas pour le 28 de ce mois, c'est pour le mois prochain.

— Ah ! voilà.

— Et même c'est chez M. Berthier qu'il est payable.

Alors la concierge lui rendit son argent et il fila à la rue Saint-Marc.

Loin de payer les deux termes qu'il devait, il dit à sa concierge en lui remettant vingt francs :

— Décidément, je vous quitte.

— Ah ! vraiment, monsieur Ferréol. — Vous avez donc fait une bonne affaire ?

— Bonne !... Hum !... J'ai une petite place, voilà tout. Mais j'aime mieux ça.

— Oh ! vous avez bien raison. C'est plus sûr, et par le temps qui court, les affaires vont si mal...

— Je ne pourrai même pas payer ce que je dois ici.

— Eh bien ! — fit la concierge fort contente de son étrenne, — vous n'avez pas besoin de vous en tourmenter. Le propriétaire vous a donné congé, il a fait le sacrifice de ses termes. — Ah ! vous n'avez pas besoin de vous inquiéter pour lui ; il est assez riche.

L'ex-agent d'affaires dit alors qu'il allait prendre les papiers qui pouvaient lui être utiles et qu'il enverrait chercher le reste par un brocanteur.

Et, après avoir promis à sa concierge de venir la voir quelquefois, il alla se louer une chambre à l'hôtel d'Orient et de Barcelone, rue Saint-Georges, 18, dans la maison faisant l'angle de la rue de la Victoire, et dans laquelle devait être l'agence.

* *

Dès le surlendemain, les ouvriers du marchand de meubles prirent possession du local de la future agence de mariages et commencèrent l'installation.

M. Ferréol, peu habitué au luxe, s'extasiait sur tout ce que l'on apportait.

Dans la première pièce, on posa un superbe tapis d'Aubusson, à grandes fleurs et des tentures en peluche grenat relevées par des cordelières d'or.

Le mobilier, pareil à l'étoffe des rideaux, était dans le style Marie-Antoinette.

Au-dessus d'une console en bois doré, on posa un riche et gigantesque médaillon.

Au milieu de la pièce fut disposée une ottomane circulaire dominée par une statue en bronze supportant un riche candélabre destiné à remplacer le lustre.

On pendit aux murs des tableaux à effet, entre autres le *Mariage de la Vierge*, une assez bonne copie.

La pièce réservée aux employés reçut un mobilier en chêne ciré, composé de bureaux et de chaises recouverts de basane noire.

Le cabinet de la dame qui devait être adjointe à M. Ferréol fut meublé d'un bureau en tuya, de fauteuils, de canapés et de chaises rembourrés en velours bleu et de rideaux de même nuance. — Un tapis riche en couvrit le parquet.

Enfin, dans le bureau de M. Ferréol, on plaça un mobilier tout à fait riche en bois noir assez bien sculpté, qu'une tenture gris fer et rouge à passementeries or relevait somptueusement.

On apporta des objets d'art, quelques bronzes ; on posa des lustres, des appliques et des candélabres ; on installa le tout au gaz ; un coffre-fort de belle dimension fut encore ajouté dans la pièce du fond, et quand le marbrier eut posé la plaque, dont M. Savournin se trouva fort satisfait, l'installation fut complète.

En récapitulant les factures qu'il avait payées, M. Ferréol s'aperçut que les frais de cet aménagement s'élevaient à quarante-huit mille francs.

Mais, en constatant ce que contenaient son portefeuille et son porte-monnaie, il fut très agréablement surpris d'y voir dix-huit cent vingt-deux francs provenant des rabais qu'il avait faits sur les factures et des escomptes qu'il avait infligés aux fournisseurs.

M. Ferréol était, avant tout, un homme très pratique.

CHAPITRE XIII

Madame de Fontanges

Monsieur Savournin prévenu par le pieux Ferréol que l'installation était achevée vint voir son agence.

Il trouva que tout était fort bien.

On avait repeint la porte et la maison avec un cachet de luxe tapageur qui se révélait à l'extérieur par la prodigalité des dorures et les guipures des rideaux de vitrage qui attiraient les regards.

— Maintenant, — dit le faux Marseillais, — nous allons nous occuper des employés. — Demain, ze vous enverrai l'employé principal et le garçon.

— A quelle heure ?

— L'employé viendra dans l'après-midi et le garçon dès le matin. Vous le reconnaîtrez à la livrée que ze lui ai fait faire.

— Une livrée !

— Mais *voui*, mon cher, une livrée.... Il faut ça à Paris, si on veut se mériter la confiance des clients. — Une livrée bleu de ciel avec des aiguillettes arzent.

— Ah ! ce sera superbe !

— Les zours de soirées, ça fera un « effet bœuf ».

— Les jours de soirées ?...

— Parfaitement, mon bon, parfaitement. — Vous donnerez des soirées ici ; c'est dans les soirées que l'on fait les mariazes. C'est pour cela qu'il faut une dame très distinguée pour faire les honneurs, pour recevoir le monde.

— Ah ! fort bien... je comprends.

— Dans la semaine, il faudra que le zeune homme soit touzours en tenue, hé ! — Il ouvrira la porte aux personnes qui viendront, comme dans les grandes maisons.

— Je lui donnerai des instructions pour cela.

Le lendemain matin, M. Ferréol ouvrit de bonne heure les portes de son agence.

A huit heures, il entendit sonner le timbre électrique qui annonçait que la porte d'entrée venait d'être ouverte.

C'était le garçon envoyé par M. Savournin.

Il était vêtu de la livrée éclatante que le pseudo-parvenu avait fait confectionner.

— M. Ferréol ? — demanda ce jeune homme.

— C'est moi, — répondit l'ex-agent d'affaires. — Vous êtes envoyé par M. Savournin.

— Oui, monsieur. Je dois être le garçon de l'agence.

— Bien, je suis au courant. — Eh bien ! je vais vous dire ce que vous aurez à faire, — fit M. Ferréol tout en examinant minutieusement son employé.

C'était un petit jeune homme blond, qui pouvait avoir quinze ans environ.

Il avait bonne tournure sous cette livrée de coupe irréprochable.

Son air était intelligent et ses regards exprimaient la loyauté.

C'était un protégé de la vieille Geneviève, la servante de l'ex-curé de Glamondans.

La mère de ce garçon, la veuve Corbeil, était une ouvrière qui habitait le haut du quartier Montmartre et qui restait seule avec son fils, car sa fille, plus âgée que lui de cinq ans, avait « mal tourné » et avait quitté la maison.

Elle avait prié Geneviève de lui placer son fils, afin d'augmenter un peu ses modiques ressources.

Geneviève en avait parlé à l'abbé Guérard et celui-ci avait envoyé le protégé de sa servante à *son ami*, M. Savournin.

— Comment vous appelez-vous ? — demanda M. Ferréol au jeune homme.

— Paul.

— Eh bien ! Paul, voici ce que vous aurez à faire. Vous êtes chargé de recevoir et d'introduire les clients de la maison.

Prenant fort au sérieux ses fonctions, l'associé de M. Savournin traça minutieusement la besogne de son jeune employé, parlant avec l'onction et la grave componction qui conviennent à un homme important.

Ceci fait, il retourna dans son cabinet et il se remit à la besogne qu'il avait entreprise de classer ses papiers et les divers objets qu'il avait apportés.

Vers deux heures, lorsque M. Ferréol revint de déjeuner dans le restaurant qu'il s'était choisi et de prendre en gourmand son café et sa chartreuse dans un établissement des grands boulevards, il trouva un monsieur qui l'attendait à l'agence.

— Monsieur !... — fit-il en le saluant.

Celui-ci sortit une lettre de sa poche et la lui remit.

— Voici une lettre que M. Savournin m'a prié de vous remettre.

L'ex-agent d'affaires comprit aussitôt qu'il s'agissait de l'employé dont son commanditaire lui avait parlé.

Il déchira l'enveloppe et lut la lettre.

M. Savournin lui disait que la personne qu'il lui envoyait avait été choisie par lui comme employé chargé de la comptabilité et du travail de bureau. — Il lui disait, en outre, que cet employé se nommait Léon Brame et qu'il fallait lui donner deux cents francs d'appointements.

— Vous vous nommez Léon Brame ? — demanda M. Ferréol.

— Oui, monsieur.

— M. Savournin vous a choisi pour remplir dans notre maison les fonctions de

— C'est madame, reprit l'*alter ego* de l'abbé Guérard, qui sera chargée de la partie
féminine... (Page 75.)

comptable, je n'ai donc pas de références à vous demander. — Quels appointements
aviez-vous dans votre dernier emploi ?

— Je gagnais deux mille francs.

— Vous aurez chez nous deux mille quatre cents.

— Bien, monsieur.

— La maison est de création récente, il n'y a donc encore rien de fait. Vous
allez avoir à ouvrir la comptabilité. — Je vais sortir tantôt et je commanderai chez
un papetier les livres qui nous sont nécessaires. — En attendant, je vais vous
donner des notes et des factures qui vous serviront à établir le livre-brouillard ou
la main-courante, si vous voulez.

C'est ainsi que se passa l'après-midi.

M. Ferréol sentait son importance grandir et il prenait de plus en plus ses fonctions au sérieux.

C'est qu'il était maintenant à la tête d'une véritable agence, et s'il n'y avait pas encore d'affaires, il y avait déjà une installation confortable et des employés.

M. Savournin lui avait dit qu'il aurait à s'occuper sur sa propre initiative de tout ce qu'il y aurait à faire pour faire marcher la maison.

Ce n'est pas ce qui embarrassait l'ex-agent d'affaires.

Il avait déjà combiné tout un plan de publicité, d'annonces à faire insérer dans les journaux et dont il avait rédigé le texte, car il savait que la réclame est toute puissante.

Il avait eu soin de faire mousser dans ces annonces *l'ancienne réputation* de la maison « fondée en 1845 », et en cela il se conformait à la loi qui inspire le plus grand nombre des réclames.

M. Ferréol avait à cœur de s'occuper activement de l'entreprise qui lui était confiée, car il voulait prouver à son riche associé qu'il était digne de sa confiance.

Dans l'après-midi, on reçut une dépêche à l'agence matrimoniale de la rue de la Victoire, 35, — la première dépêche.

C'était une de ces cartes-télégrammes qui circulent par les tubes pneumatiques dans la capitale.

Le petit chasseur en livrée bleue vint l'apporter à M. Ferréol, qu'il appelait « Monsieur le Directeur », — ainsi que cela lui avait été recommandé.

L'ex-agent d'affaires lut avec plaisir son nom sur la suscription de la dépêche, qui était ainsi conçue :

M. Gonzague Ferréol

Directeur de l'agence matrimoniale Ferréol et Cⁱᵉ

35, rue de la Victoire

En ville.

Il lut :

C'était M. Savournin qui lui écrivait et qui lui disait :

« Je vous attends ce soir à six heures et demie pour dîner avec moi.

« Je vous présenterai à Mᵐᵉ de Fontanges dont je vous ai parlé et que je dois vous adjoindre pour la direction de l'agence.

« Mes salutations amicales.

« Marius Savournin. »

A l'heure convenue, M. Ferréol sonnait à la porte de son associé.

Baptistine le reconnut.

Elle l'introduisit aussitôt dans le salon où M. Savournin causait déjà avec la dame en question.

— M. Ferréol, — annonça-t-elle.

— Ah ! ce cher M. Ferréol, — fit le faux Marseillais. — Vous êtes exact, mon bon ; c'est très bien.

La dame s'était levée.

C'était une personne à laquelle on aurait bien donné quarante-cinq ans. — Elle était grande, de formes opulentes et son visage disait non-seulement qu'elle avait été belle, mais qu'elle était encore fort bien. — Elle était, en outre, d'une coquetterie affectée et parfumée comme un sachet d'odeurs.

M. Ferréol la salua profondément tout en serrant la main que M. Savournin lui tendit.

— Ze vous présente Mme de Fontanzes, — dit le faux Marseillais.

— Madame, — fit le pieux personnage dans une sorte de génuflexion...

— M. Ferréol, mon associé, dont ze vous ai parlé, ma chère madame de Fontanzes.

— Ah! monsieur, — fit la dame prétentieuse en faisant une révérence style Louis XV, — M. Savournin me parlait de vous à l'instant même et me vantait...

— *Voui*, mon bon, *voui*, à l'instant même, — interrompit le faux Marseillais. — Les oreilles vous ont sifflé, pas vrai?

Mais M. Ferréol était ébloui par le luxe du salon dans lequel il se trouvait et par la présence de cette dame qui, pour venir dîner, avait fait une toilette de soirée. — Il se trouvait petit et mesquin entre l'opulent Méridional et la coquette Parisienne.

Il s'assit sur le bord du fauteuil que lui indiqua M. Savournin.

— C'est madame, — reprit *l'alter ego* de l'abbé Guérard, — qui sera chargée de la partie féminine de notre azence.

Mme de Fontanges salua de nouveau.

— Z'ai mis madame au courant de tout, — continua le faux Marseillais, — ce qui fait que nous n'avons pas grand'chose à dire. — Et puis, vous vous entendrez bien tous les deux.

— Oh! certainement, — répondirent à l'unisson M. Ferréol et Mme de Fontanges.

— Est-ce que M. Brame est venu?

— Oui, monsieur.

— Ah! bien! — Vous lui avez donné son ouvraze?

— Il va commencer demain à ouvrir les livres de la comptabilité...

— Bien.

— J'ai préparé quelques annonces pour les journaux que je n'ai pas voulu faire insérer avant de vous les avoir montrées.

— Ah! c'est bien, ça, mon brave. — Il n'y a rien de tel que la réclame. Ze suis bien aise que vous ayez eu cette initiative; ça me prouve que vous êtes intellizent...

— Oh! monsieur Savournin...

— *Voui*, ze le maintiens; vous êtes intellizent. — Ze voulais zustement vous parler de faire de la publicité. — Montrez-moi ce que vous avez préparé.

— Voici, — fit M. Ferréol.

Et il sortit d'un carnet une feuille sur laquelle il avait calligraphié l'annonce suivante en imitant la disposition typographique des quatrièmes pages des journaux.

M. Savournin la prit et la lut à haute voix.

MARIAGES Succès rapide et assuré par la maison Ferréol et C° *(fondée en* 1845) rue de la Victoire, 35. Riches partis des deux sexes: jeunes filles, orphelines et jeunes veuves sans enfants, de 500,000 fr. à 3 millions de dot. Jeunes gens avec titres nobiliaires, positions, fortunes.

— Mais, c'est parfait, mon bon, — fit M. Savournin. Vous rédizez ça comme un zournaliste de profession.

M. Ferréol saluait en guise de remerciements.

— Cette annonce, — continua le faux Marseillais, — est excellente. Elle va faire venir à notre azence des zeunes zens du grand monde et de riches zeunes filles. C'est comme ça qu'il faut s'y prendre. — Mais ce ne sont que des affaires en perspective. Moi, z'en ai de superbes toutes prêtes. — Azoutez-moi ceci à votre annonce, ou plutôt faites-en une réclame à part. — Écrivez.

L'ex-agent d'affaires obéit.

— A marier, — dicta M. Savournin, — zeune fille de vingt-deux ans, zolie, honorable, trois millions de fortune, fille unique. — S'adresser à la maison Ferréol et C°, fondée en 1845.

M. Ferréol et Mᵐᵉ de Fontanges ouvraient des yeux que la stupéfaction agrandissait.

— Ah! ça vous épate! — fit le faux Marseillais en les voyant. — C'est comme ça. Et pour ne vous dire que la première lettre du nom de cette zeune fille, elle se nomme Mˡˡᵉ Zermaine de Lovely.

— Mˡˡᵉ de Lovely!... — fit M. Ferréol.

— *Voui*, mon bon.

— Mais je connais ce nom-là...

— C'est bien possible. M. de Lovely est un riche Américain, un des plus grands millionnaires de Paris.

— Et comment se fait-il...

— Ah! ça vous surpasse que ze sois charzé de trouver un parti de mariage à une zeune fille riche, zolie et honnête... car c'est une vertueuse zeune fille. — Eh bien! c'est comme ça. Ze vous ai dit que z'avais des affaires toutes prêtes. C'est pas pour rien que ze me suis décidé à fonder cette azence de mariazes. — Ze vous ai promis qu'en cinq ans votre fortune serait faite et ze tiendrai parole, vous verrez. — Pour vous, mon brave Ferréol, vous avez la moitié des bénéfices, pas vrai !

— Oui, c'est ce qui est convenu...

— A ce propos, tenez, voici les deux contrats que z'ai fait enrézistrer. Ze vous remets le vôtre.

M. Savournin remit, en effet, un exemplaire de l'acte que nous avons vu signer et qui portait maintenant le timbre de l'enregistrement.

— Quant à madame, — continua le faux Marseillais en désignant Mᵐᵉ de Fontanges, — ze partazerai mes bénéfices avec elle... Ze ne suis pas ambitieux, moi. Ze suis assez riche et si ze fais cette affaire, c'est parce que ze ne puis pas rester inactif. L'oisiveté, le *far niente*, ce n'est pas dans mon tempérament.

Puis, après avoir vu l'effet que produisaient ses paroles, il ajouta :

— Mme de Fontanzes aura, en outre, trois cents francs par moi, que vous passerez par frais zénéraux avec vos appointements.

— C'est entendu, approuva M. Ferréol.

A ce moment, la domestique ouvrit la porte et dit :

— Est-ce que je puis servir, monsieur?

— *Voui*, ma bonne, *voui*, — répondit M. Savournin. — Mettons-nous à table.

Et il se leva.

— Allons, passons dans la salle à manger, — ajouta-t-il. — Mon cher Ferréol, soyez galant, le bras aux dames... Eh! l'abbé Guérard ne vous voit pas, vous pouvez être galant.

* * *

CHAPITRE XIV

Émilienne

LE repas fut aussi joyeux, grâce à la bonne humeur du jovial Marseillais, que confortable en raison de son excellente cuisine et de ses vins authentiques.

La cave de M. Savournin était bien fournie en Pontet-Canet de 1860, en Château-Lafitte de 1862, en Chambertin et en Champagne de la marqué Rœderer.

Baptistine avait des talents culinaires indiscutables et était cordon-bleu comme une Marseillaise pur sang.

Pendant le dîner on ne causa pas d'affaires.

A la fin seulement, en prenant la chartreuse, M. Savournin annonça un nouvel employé.

— Ze vous enverrai un de ces zours, un autre employé, — Oscar Rivière, qu'on le nomme. Ze le connais. C'est un garçon qui ne paye pas de mine, car il n'est pas beau, mais qui nous sera très utile pour les recherches, pour les enquêtes que nous serons obligés de faire. En matière de police, il rendrait des points à Vidocq... Ainsi, zuzez un peu s'il est fort.

Mme de Fontanges et M. Ferréol témoignèrent leur admiration par des gestes de tête.

— C'est un homme qui sera précieux pour nous, — ajouta le pseudo-Méridional, — et c'est lui que ze charzerai de toutes les petites affaires qué ze traiterai. Quand vous aurez besoin de me faire dire quelque chose de confidentiel, vous me l'enverrez.

C'est tout ce qui fut dit.

* *
*

Il n'est pas sans intérêt, pour nous qui tenons à savoir comment l'ex-curé de Glamondans poursuivait son œuvre, de connaître ce qu'était cette Mme de Fontanges que nous venons de voir adjoindre à M. Ferréol dans la direction de l'agence matrimoniale.

Quand l'abbé Guérard eut pris la résolution de découvrir la vérité sur la mort de la belle et malheureuse duchesse de Glamondans, il se demanda comment il allait s'y prendre pour arriver à son but.

Il lui fallait réunir toutes les preuves qui pourraient un jour s'élever contre le duc et contre la vicomtesse de Montperreux.

Déjà il avait la lettre écrite par Hortense de Montperreux à son beau-frère, — cette lettre dans laquelle il y avait ce passage :

« ... Mais non, Aimée est toujours entre nous.

« Croyez-moi : il vaut mieux que nous nous oubliions, car je ne me sens pas « capable de vivre longtemps ainsi et ce serait moi, au lieu d'elle, qui mourrais. »

D'après les conjectures du curé de Glamondans, il était certain que le duc avait répondu à cette lettre.

Mais comment connaître sa réponse ?

Elle avait sans doute été détruite, car Mme de Montperreux lui recommandait, en post-scriptum, de brûler cette lettre, comme elle faisait de toutes les siennes.

La rechercher était donc peine inutile.

L'abbé Guérard n'était pas homme à perdre son temps sur une question aussi importante.

Lorsque l'on ramena à Glamondans le cercueil de l'infortunée duchesse, il vit dans cette mort la réalisation du compromis infâme passé entre le duc et la vicomtesse.

Le sens de cette phrase : « Ce serait moi, *au lieu d'elle*, qui mourrais », lui apparut avec une clarté sinistre.

La mort d'Aimée était bien réellement arrêtée entre eux à l'avance.

Alors, il se mit à observer attentivement M. de Glamondans.

Il le vit partir pour Paris, quelques mois après les funérailles de sa femme.

Il allait, sans doute, demander à Mme de Montperreux le prix convenu de son crime.

Mais le duc fut promptement de retour.

Il était aisé de voir à son visage que quelque chose de grave se passait pour lui.

Le prêtre comprit ce qui avait eu lieu.

Il lui importait toutefois de le connaître exactement et en détail.

Tant que le duc demeura à Glamondans, il l'observa minutieusement, sans jamais pouvoir trouver un moyen de pénétrer son mystérieux secret.

Mais bientôt, il le vit licencier sa maison et se rendre à Paris où il devait résider désormais.

Claude seul, — le serviteur dévoué par excellence, — restait au château, avec Bastien le muet et Jenny, la vieille servante paralytique.

Le champ d'opérations du prêtre était maintenant à Paris. — C'est là que se trouvaient le duc et la vicomtesse et il serait possible, peut-être, par un espionnage habile, d'arriver à découvrir l'épouvantable secret qui était entre eux.

C'est alors que le prêtre quitta la cure de Glamondans, — quelques mois après le départ du duc, — et qu'il vint à son tour à Paris.

M. de Glamondans avait acheté dans la rue Saint-Dominique, en plein faubourg Saint-Germain, un hôtel moins vaste que somptueux.

L'abbé Guérard sut tout ce qui se passait, mais il eut bien vite compris que, du côté du duc, il n'arriverait pas à découvrir quoi que ce soit.

C'était du côté de la vicomtesse de Montperreux qu'il devait diriger ses recherches.

Au moment où il observait les gens de l'hôtel de Murillo et les personnes de l'entourage de la jolie vicomtesse, lorsqu'il se demandait qui pourrait être son auxiliaire dans l'entreprise qu'il avait conçue, une fille nommée Émilienne, qui remplissait auprès de Mme de Montperreux les fonctions de femme de chambre, vint à quitter le service.

Cette Émilienne était une jolie fille, d'un blond ardent, au visage rond, aux couleurs fraîches, aux yeux profonds pleins de promesses sensuelles et de désirs voluptueux. — Elle était le type accompli de ces soubrettes qui, après avoir fait leur école au service d'une mondaine ou d'une demi-mondaine, — ce qui est tout un, — se lancent et, singeant les façons, les toilettes et les mœurs de leurs maîtresses, deviennent à leur tour ce que celles-ci étaient.

Entraînée par ses dispositions au métier facile de femme galante, admirablement douée pour cela, quelque peu instruite même, — ce qui devait lui donner un grand avantages sur ses pareilles, — elle abandonnait la condition dans laquelle elle se trouvait et ne conservait que ses relations avec Rubby, le jockey favori du vicomte de Montperreux, qui était heureux d'avoir pour maîtresse une jolie fille, dont il pourrait désormais être fier.

C'était précisément sur cette Émilienne que l'ex-curé de Glamondans avait jeté les yeux.

Il pensait qu'elle devait savoir quelque chose de ce qui s'était passé entre le duc et sa belle-sœur.

Il l'étudiait, afin de savoir de quelle façon il devait s'y prendre pour obtenir d'elle ce qu'il voulait.

Maintenant, il lui serait difficile d'entamer avec cette fille les relations qu'il désirait. — Son caractère de prêtre s'allierait mal avec les mœurs de cette femme légère.

La fille de chambre de Mme de Montperreux, devenue « Madame Émilienne », portant haut chignon et grands volants, habitait un appartement meublé dans la rue Blanche.

M. Guérard eut rapidement trouvé un expédient.

Dès que la maison de la rue du Faubourg-Saint-Honoré, que l'on construisait à cette époque, serait achevée, M. Savournin entrerait en scène et il pourrait sans inconvénient se lier avec cette fille.

Le prêtre pressentait qu'il aurait par elle quelque renseignement intéressant ; il lui importait donc de l'avoir à sa dévotion.

Dédoublé, vivant sous deux aspects différents, il était aisé à ce Protée d'obtenir sous une forme ce qu'il ne pouvait pas demander sous l'autre.

D'ailleurs, toute question de scrupule et de scandale à part, l'ex-fille de chambre de la vicomtesse connaissait le curé de Glamondans ; il aurait pu lui paraître suspect de voir ce prêtre venir à elle.

Tandis qu'elle ne connaissait pas M. Savournin, et les prodigalités du riche Marseillais la séduiraient sans doute, maintenant qu'elle faisait partie de ce monde où l'on vend l'amour aux enchères.

C'est ce qui se passa.

Dans cette vie nouvelle pour elle, Émilienne ne tarda pas à faire de nombreuses connaissances, à s'acquérir des amies qui lui facilitèrent ses débuts sur le turf de la bicherie parisienne, et qui lui épargnèrent les longueurs d'un apprentissage, quelque peu au détriment de sa bourse.

Il arriva que, douée du tempérament des courtisanes, sur les conseils de ses amies, Émilienne ne tarda pas à donner congé à Rubby, préférant sa liberté et les profits multiples d'une situation nouvelle.

Elle eut pour amants plusieurs jeunes gens que sa beauté et ses charmes attiraient.

Quand elle connut le riche provincial de la rue du Faubourg-Saint-Honoré, elle crut qu'il avait été comme les autres amené auprès d'elle par l'éclat et par les promesses de ses beaux yeux.

M. Savournin fut avec elle d'une générosité sans pareille.

Elle s'éprit même pour lui d'une amitié sincère et elle éprouvait auprès de lui la confiance communicative qu'il savait habilement inspirer.

Émilienne raconta toute son histoire.

Adroitement questionnée sur les mœurs de son ancienne maîtresse, que M. Savournin voulait mettre en parallèle avec celles d'Émilienne, elle raconta ce qu'elle savait sur les rapports qui existaient entre le duc de Glamondans et la vicomtesse de Montperreux.

Mais cela se borna à bien peu de chose.

Émilienne n'avait reçu que fort peu de confidences de sa maîtresse.

Elle savait que le duc aimait extraordinairement sa belle-sœur, mais elle savait aussi que la vicomtesse avait résisté à ses attaques et même, lorsqu'il vint à Paris étant devenu veuf, elle avait été témoin de l'accueil peu cordial qui lui avait été fait.

Pourtant, elle connaissait une circonstance qui, à un moment donné, pourrait devenir importante. — Il s'agissait de la lettre écrite à Mme de Montperreux par son beau-frère, avant le départ du duc et de la duchesse pour la Sicile.

Émilienne avait eu la curiosité de lire cette lettre, — comme bien d'autres, d'ailleurs, — car les intrigues d'amour l'amusaient fort et elle n'aimait pas que, sur ce chapitre, on eût des secrets pour elle.

SAINT-GERMAIN. — IMPRIMERIE D. BARDIN ET Cie

— Voilà le secret de votre veine, lui dit-il. (Page 85.)

Elle se rappela très nettement les dernières lignes de la lettre de M. de Glamondans, — cette lettre écrite en réponse à celle que l'abbé Guérard possédait.

C'est ainsi que le prêtre sut que, peu de temps avant la mort d'Aimée, avant de partir pour le voyage dans lequel la duchesse avait trouvé une mort si horrible et en même temps si propice pour les projets de son mari, le duc avait écrit :

« *Lorsque vous me reverrez, je serai veuf.* »

Ce point était important pour l'ex-curé de Glamondans.

Il le confirmait dans ses conjectures.

La mort de la malheureuse duchesse était bien l'œuvre de son mari.

Malheureusement, il n'avait aucune preuve.

Un témoin seul existait, l'ex-fille de chambre ; mais, si un jour il avait besoin de son témoignage, elle refuserait sans doute de le donner.

Cependant, il lui importait de ne pas la perdre de vue.

Un jour, elle pourrait lui être utile.

M. Savournin continua donc à voir la gracieuse demi-mondaine, puis, au bout de deux ans, en 1862, il cessa de faire partie de ses amants.

C'est qu'à cette époque, l'abbé Guérard travaillait opiniâtrément à réunir de nombreux documents qui devaient un jour se changer en millions.

*
* *

Vint l'époque où fut fondée l'agence matrimoniale de la rue de la Victoire.

Treize ans s'étaient écoulés.

Un grand changement s'était fait chez Émilienne.

La demi-mondaine avait vieilli.

Elle avait vécu d'une vie pleine de hauts et de bas.

Couverte de bijoux un jour, parée de riches toilettes, elle avait été le lendemain obligée de vendre les uns et les autres.

Elle habitait maintenant sur le boulevard Rochechouart, et elle vivait du produit de la location de deux chambres meublées et se nourrissait sur le montant de la pension que lui payaient deux « quarts-de-cocottes », ses locataires et ses commensales.

Par une étrange ironie, elle portait maintenant un nom moins plébéien que celui de son père : on l'appelait Mme de Fontanges.

Elle avait, en effet, droit à ce nom.

Un de ces êtres ramollis dont on ne peut compter les bêtises, s'était énamouré d'elle et, lui ayant dit qu'il possédait une grande fortune dont il ne pourrait jouir que s'il se mariait, il lui avait offert de l'épouser.

Émilienne y avait consenti sans hésitation.

Une particule et un million ! — C'étaient ses rêves surpassés.

Par un juste retour des choses, M. de Fontanges mourut huit jours après son mariage, loin de sa famille qui l'avait renié et qui garda la fortune qu'il possédait.

Ce fut à l'ex-femme de chambre de Mme de Montperreux, devenue Mme de Fontanges, que songea l'abbé Guérard, lorsque sous le nom et sous les traits de M. Savournin il fonda avec M. Ferréol son agence de mariages.

Bien qu'éloigné d'elle, il ne l'avait pas perdue de vue.

Elle le vit venir à lui comme un messie sauveur, car l'ex-grande coquette ne se faisait pas à cette existence pleine d'humiliations, dans laquelle elle végétait péniblement, presque sans certitude pour le lendemain.

En l'adjoignant à M. Ferréol, l'ex-curé de Glamondans aurait sous la main un témoin précieux pour le jour non éloigné où il utiliserait tout ce qu'il avait découvert pendant ces dix-sept années, et de plus il aurait dans son agence une dame ornée d'un nom aristocratique, à l'air et à la mise distingués, — car Émilienne avait bien su s'assimiler à sa position nouvelle.

Mme de Fontanges avait donc accepté avec empressement les offres de son ancien amant, auquel elle fit le récit, — que l'habile compère connaissait déjà, — de son mariage et de son infortune.

*
* *

C'est ainsi que tout fut fait.

La présentation mutuelle de M. Ferréol et de Mme de Fontanges accomplie dans le dîner qui eut lieu le 6 Avril 1876 à la rue du Faubourg-Saint-Honoré, chez M. Savournin, l'ex-fille galante, prit trois jours pour se défaire de ses deux pensionnaires et pour venir s'installer dans un petit appartement qu'elle loua rue de Morée, à l'angle de la rue des Martyrs, non loin de l'agence

---

CHAPITRE XV

Oscar Nivière

ONSIEUR Savournin avait jugé à propos de faire partie d'un cercle, fréquenté par des négociants et des rentiers, et qui portait la dénomination de « Cercle de la Grande Terrasse ».

On y jouait gros jeu. — Le baccarat allait bon train chaque soir.

Mais ce n'était pas la passion du jeu qui attirait le faux Marseillais autour du tapis vert.

Pour l'aider dans la besogne qu'il se préparait à faire, M. Savournin avait besoin de divers auxiliaires. — C'est pour les choisir qu'il avait résolu de fréquenter ce cercle, car il savait qu'il y aurait tout loisir pour étudier les gens qu'il y verrait et qu'il rencontrerait parmi eux ceux qu'il lui faudrait.

C'est là qu'il trouva Léon Brame, l'employé qu'il avait envoyé à M. Ferréol.

Ce jeune homme, employé dans une maison de gros de la rue du Sentier, jouait avec l'argent emprunté à la petite caisse de ses patrons qui lui était confiée. — Il comblait le déficit aux jours de veine, et quand il perdait il puisait dans sa caisse.

Il ne fallait pas longtemps à notre roué compère pour découvrir le jeu du caissier infidèle.

M. Savournin ne voulut pas le laisser aller jusqu'à se compromettre, car cet auxiliaire qu'il s'était mentalement réservé, aurait été perdu pour lui, si ses patrons, découvrant ses agissements coupables, l'avaient livré à la justice.

Un soir, Brame fut plus malheureux que de coutume. — Il perdait pourtant depuis près de quinze jours.

Le faux Marseillais, — parfaitement au courant de sa position, — comprit qu'il jouait ce soir-là son « va-tout » et qu'il était capable de se livrer à une funeste détermination, s'il ne parvenait pas à se rattraper.

Sa perte se chiffrait alors à cinq mille francs environ.

Le caissier quitta la table de jeu avec un visage sur lequel le désespoir le plus poignant était peint, l'œil cave et vitreux, le teint have et blafard, les traits fébrilement contractés.

Il allait sortir quand M. Savournin, qui lui avait déjà adressé quelquefois la parole, se trouva sur son passage.

— *Qué !* mon bon, — lui dit-il avec sa familiarité ordinaire, — vous partez dézà. — Il est à peine onze heures.

— Oui, je m'en vais, — répondit Léon Brame d'une voix creuse ; — je ne suis pas en veine ce soir.

— Ah !

— Voilà quinze jours de suite que je perds.

— Au baccarat ?

— Oui.

— Mais à l'écarté ?

— Je n'y ai pas joué depuis plus d'un an.

— Voulez-vous que ze vous en fasse une partie ?

Cette proposition fit réfléchir le caissier. — Il eut une sorte d'inspiration.

S'il allait se rattraper !

La mine joviale et le type provincial du bonhomme lui plaisaient.

— Soit, — fit-il.

On s'assit à une table du petit salon.

— Que zouons-nous ? — demanda M. Savournin.

— Ce que vous voudrez, — répondit Léon Brame qui n'avait plus un sou en poche.

— Faisons un louis.

— Va pour un louis.

Et l'on joua.

Ce fut l'employé qui gagna.

L'enjeu suivant fut de quarante francs. — Léon Brame les gagna encore.

— Bigre de bigre ! — fit M. Savournin, — on dirait que vous allez vous refaire sur moi, mon brave, *qué* ? — Ze vous fais trois louis.

— Allons-y.

Le caissier gagna encore.

— Ah ! saperlipopette de sapristi ! — s'écria le faux Marseillais, — vous avez zuré de me décaver, alors !

— Oh ! oh ! ce serait malaisé !

— Mais, diantre ! du train que vous y allez !... — Ze vous fais cent francs.

Cette fois ce fut M. Savournin qui gagna.

— Ah ! — fit-il avec un consentement très marqué, — ça chanze un peu. C'est pas trop tôt. — Que faisons-nous ?

— Doublons !

— Deux cents francs ?

— Oui.

— Eh bien ! ça y est.

Dès lors, Léon Brame ne cessa plus de gagner.

En une heure, il eut devant lui les cinq mille francs qui manquaient à sa caisse.

M. Savournin paraissait ne pas en revenir.

— Vous m'avez roulé, mon bon, — lui dit-il. — Mais ze prendrai ma revanche.

— Quand vous voudrez !

— Ah ! çà, si vous attirez comme ça la veine après vous, il serait avantazeux de vous avoir pour associé au lieu d'être votre partenaire.

Le caissier se mit à rire.

— Non, voyons, sans blague, — fit le pseudo-provincial, — ze suis comme ça moi, ze suis superstitieux. Ze crois à la fatalité. — Qu'est-ce que vous gagnez dans votre maison ?

— Cent quatre-vingts francs.

— Pas plus ?

— Non.

— Ze vous en donne deux cents, acceptez-vous ?

— Mais vous êtes donc dans le commerce ? Je vous croyais rentier.

— C'est-à-dire, mon brave, que ze suis dans le commerce et que ze n'y suis pas. — Ze monte une affaire.

— Ah !

— Venez me voir demain matin, nous causerons.

Et c'est ainsi que M. Savournin recruta son employé.

Ce fut encore au cercle de la Grande Terrasse qu'il fit la connaissance de cet Oscar Nivière, qui devait lui être si utile dans ses projets.

Mais là, ce fut autre chose.

Oscar Nivière était voyageur de commerce.

Il représentait une grande maison de bière de Strasbourg et il avait souvent affaire à Paris.

Du premier jour où il le vit au cercle, M. Savournin reconnut en lui un escroc habile, pour lequel les « sauts de coupe » et les « portées préparées » n'avaient aucun secret.

Un soir que Nivière avait gagné insolemment une qhinzaine de mille francs, le faux Marseillais le suivit quand il partit et l'abordant sur le trottoir:

— Vous avez eu une fière chance ce soir, — lui dit-il en lui tapant familièrement sur l'épaule.

Puis, avant que le voyageur ait eu le temps de lui répondre, M. Savournin glissant rapidement sa main le long du collet de sa redingote y arracha une poche postiche, pleine de cartes, qui était appendue à l'intérieur, contre la poitrine.

— Voilà le secret de votre veine, — lui dit-il. —. Oh!.ze connais ça. — Voilà trois mois que ze vous observe, mon bon. — Ah! c'est que ze suis un vieux de la vieille, moi.

Oscar Nivière était devenu fort pâle.

— Ah! vous n'avez pas besoin d'avoir la *pétouche*, — fit M. Savournin. — N'ayez pas peur, ze ne veux pas débiner votre truc. Seulement, faut pas le refaire.

— Oh! monsieur, je vous promets... — balbutia le filou pris au piège.

— *Voui*, ze sais. Ça vient de ce que vous ne gagnez pas assez dans votre métier et que vous cherchez à vous rattraper au zeu..

— Oui... c'est vrai...

— Vous faites les bières, *qué?*

— Oui, monsieur.

— Combien vous gagnez?

— Dam! j'ai deux mille francs de fixe et cinq pour cent.

— Prfft, — fit M. Savournin en faisant claquer ses lèvres, — c'est pas gros. — Je comprends ça, moi; les patrons ne payent pas assez leurs employés, c'est ce qui les pousse à mal faire.

En disant cela, il mit dans sa poche les cartes saisies sur le chevalier d'industrie, et il ajouta:

— Voulez-vous que ze vous fasse travailler, moi?

— Vous?

— *Voui!* Ze vous donne trois mille cinq cents francs par an de fisse et dix pour cent sur les affaires que vous ferez. Et ze vous fiche mon billet que vous ferez de plus gros chiffres qu'avec votre bière.

— Quelle partie faites-vous donc?

— Moi? — Ze suis rentier.

— Eh bien! alors...

— C'est pas de moi qu'il s'azit, mon brave, c'est de vous. — Ze vous fais courtier en mariazes.

— En mariages!

— *Voui*, en mariazes. — Votre courtage est sur la dot et il n'y en a pas de moins de cinq cent mille francs.

— Mais je ne connais pas les gens qui...

— Oh! ça ne fait rien. — C'est moi qui vous indiquerai les clients.

— Alors, ça me va.

— Quand pouvez-vous quitter votre maison?

— Mais, dam! dans un mois, le temps de prévenir et de donner congé.

— Eh bien! acceptez-vous ma proposition?

— Certainement. — Oui, ça me va.

— Tapez là, alors, — fit M. Savournin en tendant la main.

Oscar Nivière la lui serra.

— Nous disons, — répéta le faux Marseillais, — trois mille cinq cent et dix pour cent, *qué?*

— C'est convenu.

— Avez-vous besoin d'une petite avance?

— Ah ! non !

— C'est zuste ! vous avez gagné quinze mille francs, hé ! hé ! hé ! — Alors, quand vous serez libre, vous m'écrirez, *qué ?*

— Comptez sur moi.

M. Savournin venait de recevoir de Strasbourg une lettre lui annonçant l'arrivée d'Oscar Nivière, le jour où il avait réuni à sa table M. Ferréol et Mme de Fontanges.

Il l'attendait pour le lendemain.

Quand il le vit arriver, il le mit rapidement au courant de sa nouvelle position. Puis, il voulut le présenter à son associé.

Le coupé de louage était toujours à la porte du riche provincial.

Oscar Nivière et M. Savournin y montèrent et se rendirent rue de la Victoire.

— Voilà mon homme de confiance, — dit le faux Marseillais en présentant son courtier à M. Ferréol et à l'ancienne femme de chambre de Mme de Montperreux.— M. Oscar Nivière qui sera notre représentant, notre courtier de mariazes.

— Ah ! monsieur, — fit M. Ferréol en lui tendant la main et en lui serrant la sienne. — Vous êtes le bienvenu dans la maison.

— Monsieur... — fit à son tour Oscar Nivière.

Mme de Fontanges salua aussi.

— Nous allons vous donner tout de suite de l'ouvraze, — dit M. Savournin. — Asseyons-nous et causons un peu.

Chacun prit un siège.

Le faux Marseillais, s'adressant plus particulièrement à ses deux associés, commença ainsi :

— Je vous ai parlé d'une riche demoiselle que nous étions charzés de marier ?

— Oui, — fit M. Ferréol, — Mlle de Lovely.

— Mlle Germaine de Lovely, — dit à son tour Mme de Fontanges.

— C'est bien ça, dit M. Savournin. — Il ne suffit pas d'avoir la fiancée, il faut encore le futur.

— Mais, nous allons en trouver un avec des annonces, — opina l'ex-agent d'affaires. — Cela ne sera pas long, puisque cette demoiselle est excessivement riche, très jolie et toute jeune ?

— C'est pour la frime les annonces, mon brave Ferréol !

— Pour la frime !

— Mais *voui*. — Z'ai le futur !

M. Ferréol et Mme de Fontanges ouvraient de grands yeux pleins d'étonnement.

Cet homme était à la fois prodigieux et insondable.

CHAPITRE XVI

L'art de préparer un mariage .

Oui, z'ai le futur, — répéta M. Savournin, — et c'est là que va commencer le rôle de M. Nivière. — Le zeune homme que ze destine à Mlle de Lovely a un père qui est ze ne sais pas combien de fois millionnaire. ·

— Vraiment ! — s'écria M. Ferréol.

— Tout ce qu'il y a de plus millionnaire, mon brave. Vous comprenez que si notre maison fait ce mariaze, comme la commission est le cinq ou le dix pour cent de la dot des deux époux, cette affaire va se chiffrer par deux ou trois cent mille francs de bénéfices.

On pense quelle agréable perspective passa en ce moment devant les yeux des trois acolytes qui écoutaient le faux Marseillais.

Celui-ci poursuivit :

— Il est évident, mes chers amis, que si ze vais trouver ce monsieur, ce millionnaire et que ze lui dise : « Voulez-vous que ze fasse le mariaze de votre fils avec Mlle de Lovely? » il va m'envoyer promener.

— Oui, c'est vrai, — approuvèrent en chœur M. Ferréol, Mme de Fontanges et Oscar Nivière.

— Bon ! — Alors, ze me suis dit : « Il faut s'y prendre adroitement pour ne pas faire un pouf, autrement dit un *fiasco*. » Et voici ce que z'ai combiné. — Écoutez-moi bien tous les trois.

— Le monsieur dont ze vous parle, — continua M. Savournin après une courte pause, — se nomme M. de Radillan.

— M. de Radillan ! — répéta l'ex-agent d'affaires.

— *Voui*, mon bon ; de Radillan tout comme vous Ferréol et moi Savournin. — C'est un noble et un député lézitimiste.

— Un député légitimiste ! — fit Mme de Fontanges sur qui ce titre produisait sans doute grand effet.

— Il représente l'arrondissement de Loudéac, en Bretagne. — Voici donc ce que z'ai combiné : Le fils de M. de Radillan est le futur que ze destine à Mlle de Lovely, seulement...

— Seulement? — fit Oscar Nivière qui comprenait que c'est lui que cela intéressait plus particulièrement.

Un premier coup d'œil dans sa triple glace parut le satisfaire complètement. (Page 99.)

— Seulement il faut que nous nous arrangions de façon que ce mariage soit inévitable.

— Je ne saisis pas bien.

— *Espérez* un peu? vous allez me comprendre, mon ami. — M. de Radillan a serré depuis quelque temps les cordons de sa bourse, et ça se comprend; car son diable de fils lui aurait mangé tout son saint-frusquin.

— Ah! c'est un prodigue, — dit M. Ferréol.

— Il court avec les femmes, les petites femmes, et il dépense sans compter, comme beaucoup de jeunes gens qui croient que le coffre-fort de leur père est iné-puisable.

Ces paroles rappelèrent à l'ex-demi-mondaine le temps où elle demeurait à la rue Blanche et où bien des fils de famille avaient dépensé pour elle sans compter.

— Cependant, — fit-elle, — le père de M. de Radillon, avez-vous dit, est plusieurs fois millionnaire?

— *Voui*, ma chère madame de Fontanzes, *voui*, mais ça ne fait rien. — Ah! mais c'est qu'avec ce brave monsieur Octave, — c'est le nom du zeune homme, — il faut avoir l'œil et le bon. Il aurait vite fait de manzer la plus grande fortune, tellement il a de bonnes dents! — Ze disais donc que le papa de Radillan lui a, comme on dit, coupé les vivres. — Eh bien! peut-être que ce brave garçon, qui en somme est auzourd'hui en âze de se marier, serait bien heureux de faire une fin, d'épouser une zolie fille, aussi riche que lui, et d'avoir ainsi non seulement une fortune, mais deux à la fois.

— C'est vrai! — approuva avec enthousiasme l'ex-agent d'affaires.

— Et nous autres, maison Ferréol et C°, — continua le faux Marseillais, — nous avons double commission sur cette affaire : une du côté de M. de Radillan et une du côté de M. de Lovely.

— C'est parfait!

— Tandis que, si nous donnions à Mlle Zermaine un garçon sans le sou, nous n'aurions de commission que sur sa dot. — Il faut donc décider M. Octave de Radillan à ce mariaze et c'est pour cela que va nous servir Nivière que voici et que ze viens de vous présenter.

— Je suis tout disposé à faire ce que vous me direz, — dit l'ex-voyageur de commerce.

— Nivière, — poursuivit M. Savournin en s'adressant à ses deux associés, — est un garçon qui connaît la vie des zeunes zens riches, des zeunes zens du monde.

— Oh! parfaitement, — confirma Oscar Nivière.

○ — Dans cette affaire-là, et dans bien d'autres qui viendront ensuite, il nous sera très utile. — Voilà ce que vous aurez à faire, mon brave, — fit M. Savournin en frappant sur l'épaule de son nouvel auxiliaire. — Vous allez partir pour Londres; c'est là que se trouve M. Octave de Radillan. Il habite à *Royal hotel*, et vous n'aurez pas de peine à le trouver en allant lozer au même endroit que lui. — En voyaze, les zeunes zens font vite connaissance entre eux, pas vrai?

— Oh! ce n'est pas difficile.

— Bon! — Alors quand vous êtes devenu l'ami de M. Octave, vous faites un peu la noce avec lui; — c'est pas un mauvais métier que je vous donne à faire, *qué?*

— Non, monsieur... au contraire.

— Sans compter que vous aurez l'arzent voulu pour cela. — Et vous tâcherez de fourrer dans la tête de M. Octave l'idée de se marier.

— Ah! bien. Je comprends.

— Il faut que ce soit vous qui ayez l'air de faire ce mariaze.

— Je m'en charge... — Ah! il n'y a que si M. Octave de Radillan est un de ces jeunes gens qui ont horreur du *conjungo* et qui ont juré de ne jamais se marier...

— Oh! — répliqua M. Savournin, — il y a une manière de s'y prendre. — Il

faut que le *conzongo*, comme vous l'appelez, arrive comme la seule issue possible.
— Vous me comprenez?

— Pas bien.

— Écoutez-moi bien et comprenez moi à demi-mot. — Il faut que vous soyez habile comme un vrai diplomate, mon bon. — Il faut que vous entortilliez si bien votre ami que vous l'ameniez, comme on dirait, dans une impasse d'où il ne peut plus sortir. — Vous y êtes.

— Oui.

— Alors, quand il est engazé dans l'impasse, quand il voit qu'il n'y a plus moyen de s'en tirer, qu'il n'a plus le sou, que le papa ne *fonce* plus, que... que... que même il peut lui arriver quelque chose de fâcheux... avec la zustice... — Saisissez bien ce que ze vous dis. — Alors, vous lui montrez qu'il y a encore une porte ouverte pour lui, une seule, celle du mariaze.

— Bien, j'y suis.

— M'avez-vous bien compris?

— Je crois que oui.

— Et vous, Ferréol? — demanda M. Savournin avec un regard significatif.

— Oh! j'ai très bien saisi votre idée, — répondit le directeur de l'agence. — Elle est excellente. — Il faut que le mariage se présente pour M. de Radillau comme la solution inévitable d'une situation inextricable...

— C'est ça!

— Que ce soit pour lui comme le salut.

— C'est ça, mon bon, la planche de salut.

— Je comprends très bien, — dit Oscar Nivière.

— Il faut, — ajouta encore M. Savournin, — qu'il ait fait quelque bêtise, et que n'ayant pas d'arzent pour la réparer, ne pouvant plus compter sur son père, il soit oblizé de se marier pour avoir l'arzent qui doit le sauver.

— Parfaitement, — firent à la fois M. Ferréol et Oscar Nivière.

— C'est admirable! — exclama Mme de Fontanges.

— Dans ces conditions-là, — poursuivit le faux Marseillais, — nous pouvons faire une affaire splendide. Si ce zeune homme arrive à avoir un besoin impérieux de se marier, il ne discutera pas les conditions de l'azence; il payera ce que nous demanderons, bien heureux de s'en tirer à si bon compte...

— .... Quand au contraire, s'il refusait, — continua M. Ferréol, — ce pourrait être pour lui quelque chose de très grave, comme la police correctionnelle ou même le bagne!

— Très bien! mon brave, très bien! — s'écria M. Savournin en serrant avec effusion la main de son associé. — Vous m'avez compris à merveille! C'est tout à fait ça. Vous avez mis le doigt dessus. — Eh bien! vous expliquerez bien ya à Nivière.

— Oh! j'ai parfaitement compris, monsieur.

— Bon, alors ça ira sur des roulettes.

— Quand faut-il que je me mette en route?

— Mais tout de suite, mon bon, tout de suite. Vous allez faire vos malles auzourd'hui et vous partirez demain.

— Bien.

— Vous connaissez Londres, pas vrai?

— Comme Paris.

— Eh bien! réglez votre départ comme vous l'entendrez. — Ze vais vous donner de l'arzent pour vos frais. Tenez, voici un chèque de cinq mille francs que vous irez toucher à la banque.

M. Savournin sortit de la poche de côté de sa redingote un carnet de chèques. Il prit une plume sur la table de M. Ferréol, inscrivit sur l'un d'eux la somme indiquée, signa, le détacha de sa souche et le remit à Oscar Nivière.

— Vous savez, — lui dit-il en même temps, — il faut y aller carrément. Il faut marcher grandement, ne regardez pas à la dépense.

— Bon.

Et se tournant vers ses associés.

— Ces petits frais-là, — ajouta-t-il, — ça me regarde. Il ne faut pas prendre ça sur la caisse de la maison.

Cela fit plaisir à M. Ferréol.

— Quand vous aurez encore besoin d'arzent, — dit M. Savournin à Oscar Nivière, — vous m'écrirez.

— Bien, monsieur.

— Ze vous enverrai tout ce qu'il vous faudra. — Vous aurez soin de me tenir minutieusement au courant de tout ce que vous ferez, *qué?*

— Vous pouvez compter sur moi.

— Il faut vous commander un costume chic, comme les zeunes zens du grand monde, afin que vous ayez l'air *calé.*

— Bon.

— Seulement, ne prêtez pas d'arzent à M. Octave.

— Soyez tranquille.

— Sans ça vous reculeriez touzours la solution et par suite le zour du mariaze. — Ferréol, qui m'a très bien compris, vous donnera quelques instructions. Vous aurez soin de le voir avant de partir.

M. Savournin se leva.

— Je retourne chez moi, — dit-il.

Puis se ravisant et plaçant la main sur l'épaule d'Oscar Nivière:

— Prenez un nom un peu ronflant, — lui dit-il, — Oscar, ce n'est pas mal, mais Nivière c'est un peu commun. — Appelez-vous pour la circonstance monsieur de... ce que vous voudrez. — Un petit titre de baron, même, ça fait bien.

— Je comprends.

— Et vous vous faites faire quelques cartes de visite. — Allons, au revoir.

— Au revoir, monsieur Savournin; — dit le trio.

Et le faux Marseillais rejoignit son coupé qui l'emmena, tandis que M. Ferréol retenait auprès de lui le nouvel employé de l'agence pour lui donner quelques explications supplémentaires.

CHAPITRE XVII

Le cabinet secret

TANDIS que sa voiture l'emmenait chez lui, le faux Marseillais se disait:

— Allons, ça va marcher. — Ce jeune homme est aussi coquin qu'intelligent. Il m'a compris, je suis sûr qu'il réussira. — Ce n'est pas que j'aie besoin de ce truc pour faire ce mariage, je suis bien certain d'avance d'avoir le consentement de M. de Radillan et je suis même convaincu qu'il contraindrait son fils, s'il le fallait, à épouser Mlle de Lovely; mais j'aime mieux que cela fasse aussi l'affaire d'Octave et qu'il acquiesce lui-même à cette union.

Pendant que tout cela va se préparer, je vais travailler de mon côté. — Il faut que j'obtienne le consentement de M. de Lovely.

Oh! je sais bien qu'il ne peut pas me refuser ça. En échange du service que je lui rendrai, il me doit bien d'accepter un gendre de ma main.

Dès que Nivière va être parti, j'irai le voir.

****

Les annonces rédigées par M. Ferréol avaient été publiées par les journaux.

L'effet de la publicité est si grand à Paris et il y a tant de gens qui croient tout ce que la presse annonce, que plusieurs lettres de propositions furent adressées à l'agence matrimoniale de la rue de la Victoire et que l'on y reçut quelques visites.

Ce début combla de joie le pieux Ferréol et la coquette Mme de Fontanges.

Ils se partagèrent les visiteurs selon leur sexe; les jeunes gens s'entretinrent avec le directeur et Mme de Fontanges reçut les jeunes filles.

Il vint même une affaire.

Une grande cocotte ayant hôtel aux Champs-Elysées, Mme Lucienne, avait lu l'annonce faite par la maison Ferréol et Cie.

Depuis un an, elle cherchait à marier sa fille par l'intermédiaire d'une agence et, très difficile, elle n'avait pu trouver un gendre de son goût.

Cette belle pécheresse, qui avait su battre monnaie sur sa beauté, avait une fille de quinze ans, Héloïse, qu'elle tenait dans un couvent, aux environs de Paris, et qui avait toujours vécu dans l'ignorance la plus complète des mœurs et de la qualité de sa mère.

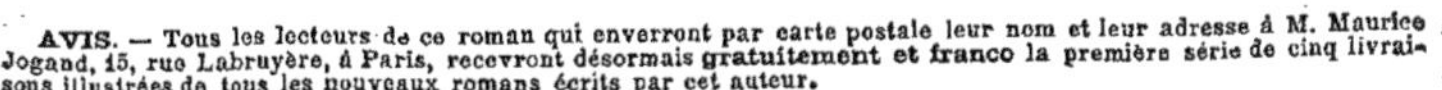

Le moment approchait où, son éducation terminée, la supérieure du couvent allait rendre à sa famille celle que l'on appelait Mlle Héloïse de Campo, et dont l'état civil ne mentionnait que le nom de Collard, celui de sa mère.

Le temps pressait.

La grande demi-mondaine voulait que sa fille ignorât toujours ce qu'elle avait été et, qu'au sortir du couvent, elle se mariât.

Un tel mariage ne pouvait être fait que par une maison spéciale.

Elle s'était déjà adressée à plusieurs agences, mais elle n'avait pu s'entendre. — On lui avait présenté des jeunes gens qui ne lui convenaient sous aucun rapport.

Quand le petit chasseur en livrée bleue entendit une voiture s'arrêter, fidèle à sa consigne, il accourut et, la casquette à la main, il ouvrit la portière.

Mme de Campo descendit du coupé répandant autour d'elle le froufrou soyeux de sa toilette et le parfum délicat dont tout son linge était imprégné.

On la conduisit auprès de Mme de Fontanges, bien heureuse de cette excellente aubaine.

— Madame, — fit-elle dans une révérence.

Et s'adressant au chasseur :

— Paul, avancez un fauteuil.

— J'ai lu dans *le Petit Journal* l'annonce de votre maison, — dit la visiteuse en s'asseyant. — Je n'en avais jamais entendu parler.

— La maison est fort ancienne pourtant, — riposta Mme de Fontanges. — Seulement nous ne faisons jamais de publicité. Nous avons horreur de la réclame. Nos affaires se font directement et toutes seules.

— J'ai une jeune fille à marier.

— Ah !... votre fille sans doute ?

— Oui, madame.

— Quel âge a-t-elle ?

— Quinze ans. — Je lui donne cinq cent mille francs de dot.

— Ah ! fort bien.

— Puis-je vous parler ouvertement ? — demanda alors Mme de Campo.

— Ah ! madame, c'est ici un véritable confessionnal. Les secrets y sont enfouis comme dans une tombe.

— Ma fille est enfant naturel.

— Bien ; madame. — Hélas ! ce n'est pas sa faute, à cette pauvre enfant et il serait injuste qu'elle en souffrît.

— J'ai été amenée, — continua la femme à la mode, — par des circonstances bien indépendantes de ma volonté, à être dans ce que l'on appelle « une position irrégulière ».

— Oui, je vous comprends, madame.

— Pour tout au monde, je veux que ma fille ignore tout. — C'est pour cela que je l'ai fait élever loin de moi, dans un couvent, presque en province.

— Oh ! vous avez agi comme une bonne mère, madame.

— J'adore ma fille ! — Mais vous comprenez, madame, qu'à cause même de ma position, il m'est impossible de trouver un gendre.

— Oui, c'est vrai.

— Je ne puis laisser ma fille choisir elle-même celui qui lui donnera son nom, car, pour cela, il faudrait qu'elle sortît de la maison d'éducation où elle se trouve et qu'elle vînt chez moi,... ce que je ne veux à aucun prix.

— Oh! vous avez bien raison, madame.

Mme de Fontanges et Mme de Campo causèrent longtemps.

On s'entendit sur tout.

La maison Ferréol trouverait un parti pour Mlle Héloïse. — On lui procurerait un jeune homme de bonne famille, honnête, plein de cœur, sans titre et sans fortune s'il le faut, mais doué de toutes les qualités essentielles pour aimer une jeune femme et la rendre heureuse, intelligent pour comprendre la position et ayant des sentiments assez nobles et assez élevés pour ne pas mépriser sa belle-mère.

Mme de Fontanges inscrivit la demande de la grande cocotte, dans un livre relié en maroquin noir à ferrures nickel et fermé par une serrure, ce qui garantissait contre toute indiscrétion.

Elle demanda une photographie de la jeune fille, on la lui remit et elle l'enferma dans un tiroir secret de son bureau.

Mme de Campo s'en fut fort heureuse.

Elle avait bon espoir dans le résultat des démarches de l'agence matrimoniale.

Mme de Fontanges était enchantée.

Dès que sa visiteuse fut partie, elle courut chez M. Ferréol pour lui annoncer cette bonne nouvelle.

C'était un superbe début pour la maison.

M. Ferréol frottait avec contentement ses mains osseuses l'une contre l'autre.

— Nous avons une affaire splendide entre les mains, madame de Fontanges,... C'est moi qui vous le dis, — fit-il.

— Oh! certainement, — approuva la coquette. — M. Savournin est un habile homme !

— Et si bon, — ajouta l'hypocrite, — si rond en affaires, si bon enfant. — Moi, je l'aime, cet homme-là.

— Il faut que nous trouvions un parti à Mlle de Campo.

— Certainement, nous le trouverons. — Je vais voir parmi les demandes que j'ai reçues par lettres et que j'ai classées.

— Hum!... parmi les demandes, — fit Mme de Fontanges avec mépris. — C'est ailleurs qu'il faut chercher, je crois.

— Vous pensez?

— Oui, il faut que cette dame soit satisfaite. — Songez donc qu'elle peut, non seulement nous payer une belle commission, mais encore nous envoyer d'autres clients de ses amis, de son monde.

— C'est juste !

— Je sais ça. Dans le monde où vit Mme de Campo, il ne manque pas de femmes comme elle, ayant des jeunes filles qu'elles veulent marier pour les éloigner de la vie qu'elles mènent, et ces femmes-là ne marchandent pas; elles payent généreusement.

— Eh bien ! je vais m'en occuper spécialement. Je connais énormément de personnes... j'ai tous les anciens clients de mon *étude*...

M. Ferréol aimait à donner ce nom au bouge interlope qui constituait son cabinet d'affaires. — Il se traitait ni plus ni moins qu'en officier ministériel.

— Il faut que nous fassions cette affaire-là nous-mêmes, — ajouta-t-il, — De cette façon, M. Savournin verra que nous nous occupons bien de son affaire et il sera content.

— Oui, c'est cela.

C'est ce qui fut convenu entre les deux directeurs de l'agence.

M. Ferréol appela auprès de lui son employé, Léon Brame, et lui donna le courrier auquel il fallait répondre.

Il y avait une centaine de lettres, presque toutes accompagnées d'un timbre pour la réponse, et comme le cupide Ferréol ne négligeait aucun profit, même les plus minimes, il avait soigneusement enlevé les timbres-poste, bien décidé à faire entrer les affranchissements de la correspondance dans les dépenses de frais généraux.

Quelques lettres contenaient des photographies.

Elles émanaient toutes de coureurs de dots, employés de ministère, d'administration ou de magasins de nouveautés, instituteurs, sous-officiers en retraite, etc., désireux d'épouser une femme riche, vantant leurs positions, l'honorabilité de leurs noms, leurs avantages physiques et fermant les yeux sur les antécédents des jeunes personnes riches à épouser.

Il fallait donner à chacun un petit mot, un encouragement ; leur faire savoir que leur demande était reçue et classée et qu'on les informerait dès qu'on aurait un parti à leur convenance.

On devait surtout insister, — ainsi que M. Savournin l'avait expressément recommandé, — sur ce point qu'il n'y avait aucun débours, aucune avance à faire.

Léon Brame emporta le dossier dans son bureau et se mit à l'œuvre.

M. Ferréol prit dans un tiroir un répertoire alphabétique provenant du cabinet de la rue Saint-Marc, et il le parcourut attentivement.

* *

Quand M. Savournin arriva chez lui, il congédia son cocher.

— Ze n'ai plus besoin de vous, — lui dit-il. — Venez seulement me prendre ce soir à sept heures pour me conduire au théâtre.

La domestique était sortie. — Elle était sans doute allée faire son marché.

Cela faisait assez bien l'affaire du faux Marseillais.

Il écrivit un mot sur une feuille de papier, qu'il plaça au milieu de la table de la salle à manger, comme cela lui était arrivé quelquefois.

Il prévint ainsi Baptistine qu'il ne rentrerait que le soir pour dîner.

Alors, il passa dans son cabinet de toilette, ouvrit le placard qui s'y trouvait et dont nous avons parlé ; il fit jouer le ressort qui démasquait l'entrée de l'escalier

Il aperçut un corps. — Aux vêtements il reconnut son ami. (Page 119.)

secret conduisant à la chapelle et s'échappa par cette issue, ne laissant aucune trace de son passage.

Ce jour-là l'abbé Guérard était absent.

Aussitôt après avoir célébré la messe, il avait dit à Geneviève, sa vieille domestique, qu'il allait passer la journée chez des amis, dans un château, aux environs de Paris, et qu'il ne rentrerait que dans la nuit ou peut-être même le lendemain matin.

*
* *

En descendant par l'escalier secret qui, du premier étage habité par M. Savournin conduisait à la chapelle, on trouvait, à moitié chemin, une petite porte pratiquée dans le mur et fermée par une serrure invisible.

Arrivé devant cette porte, le faux Marseillais l'ouvrit.

C'était l'accès d'une pièce étrange, longue, étroite, absolument obscure, et formant un demi-quart de cercle.

Un placard était établi tout le long dans l'enfoncement produit dans l'un des murs qui, loin d'être d'aplomb comme dans toute construction, étaient penchés comme s'ils faisaient partie d'une voûte.

C'est que cette pièce était pratiquée dans l'épaisseur même de la voûte en dôme surmontant le chœur de la chapelle de la rue des Écuries-d'Artois.

La porte se referma toute seule et sans bruit.

M. Savournin fit flamber une allumette-bougie et alluma un flambeau qui se trouvait sur une petite table.

On put alors distinguer ce que contenait ce cabinet.

Au fond était une haute glace à trois faces, sur pied, pareille à celles que l'on voit dans les loges des grandes artistes, reflétant l'image de celui qui s'y regarde sous trois aspects : de face, de profil et de trois-quarts.

Grâce à un deuxième miroir placé vis-à-vis, on pouvait même se voir par derrière.

De chaque côté, étaient deux appliques à trois branches chaque, jetant dans cette pièce aux murs blanchis la vive clarté de leurs six bougies.

Un tapis épais en feutre comprimé étouffait le bruit des pas.

Une table en marbre, chargée de pots, de flacons, d'onguents, était devant la glace et supportait encore une cuvette.

Une sorte de commode et deux chaises complétaient l'ameublement.

C'était la loge où cet artiste d'un genre à part opérait ses transformations innombrables et devenait à son gré, cocher, commissionnaire, gentleman, voyou de barrière, avocat, médecin et tout ce qu'il voulait.

Le long placard contenait les travestissements les plus divers. — Les portes glissaient sur des roulettes bien graissées et manœuvrant sans bruit dans une rainure en caoutchouc durci.

M. Savournin ouvrit le placard.

Il allait opérer une transformation.

Alors, apparurent les costumes les plus disparates et tous les accessoires nécessaires pour les compléter. — C'était comme un vestiaire étrange, qu'auraient envié les plus consciencieux comédiens et les plus habiles limiers de la police.

Les costumes étaient pendus à des porte-manteaux, entre deux étagères.

Sur l'étagère supérieure étaient des cartons contenant les barbes, les perruques et les chapeaux correspondant aux costumes. — Sur celle du bas étaient les chaussures.

Des cannes de tous les modèles, depuis le stick élégant jusqu'au gourdin et au nerf de bœuf à lanière du conducteur de bestiaux, étaient dans un coin, auprès de huit parapluies de toutes formes.

Dans les tiroirs de la commode, il y avait du linge, des chemises blanches et de couleur, des mouchoirs assortis et dépareillés, des cravates, des gants, des tabatières, des portefeuilles, des pipes, un véritable bazar d'objets de toute sorte dont la possession serait inexplicable, tant ils étaient disparates, si on ne savait pas à quel usage ils étaient destinés.

Son placard ouvert, M. Savournin regarda longuement son étrange garde-robe.

— Que vais-je bien faire pour voir M. de Lovely ? — se demanda-t-il.

Puis, après un instant, il se frappa le front.

— C'est ça, — fit-il, — j'y suis.

<hr>

CHAPITRE XVIII

Un contrat d'assurances

Pour composer le costume du personnage qu'il allait jouer, M. Savournin fit choix d'effets qu'il emprunta à divers travestissements.

Ici, il prit un pantalon d'un jaune sale quadrillé en marron ; là, une jaquette noire usée et lustrée sur toutes les coutures ; là, encore un gilet et un chapeau rond attestant un long usage et une haine prononcée pour la brosse ; enfin ce furent des bottines aux élastiques effiloquées et bâillant par les crevasses de leur cuir, et une chemise de couleur exempte de blanchissage et de raccommodage.

Il se dévêtit et enleva son lorgnon ; puis il se lava à grande eau, décolla ses petits favoris gris, et se sécha méticuleusement le visage qu'il enduisit ensuite d'une sorte de cold-cream à la teinte jaunâtre.

Cette préparation accomplie, notre habile comédien revêtit les effets qu'il avait choisis.

Un premier coup d'œil dans sa triple glace, avant tout artifice de grime, parut le satisfaire complètement.

Le gilet trop court rejoignait mal le pantalon que des bretelles tiraient pourtant au point d'empêcher ses bords relevés de dissimuler l'état de délabrement de ses chaussures.

Il avait déjà l'air famélique d'un de ces malheureux qui, après avoir demandé à cent professions diverses une subsistance modeste, en sont réduits à courir après toutes les affaires possibles et même impossibles, s'offrant comme intermédiaires dans les maisons où ils ne sont plus employés, et arrivant enfin à gagner par des entremises et des services souvent peu avouables, assez pour ne pas mourir de faim et trop peu pour vivre.

Le type fut bien plus complet et bien mieux réussi quand il eut donné à son visage, grâce à un artifice de toilette invisible, le teint glabre des faméliques ; quand ses paupières furent légèrement bistrées ; quand il eut ajusté sur ses joues avec un talent merveilleux des favoris d'un blanc pâle, pareils à sa perruque aux cheveux plats et mal coiffés ; quand il eut teint ses sourcils et que prenant une expression de visage qui le changea complètement, il posa sur sa tête le petit chapeau rond qu'il avait préparé.

Un sourire témoigna sa satisfaction.

Le faux Marseillais prit alors un vieux portefeuille long, comme ceux que portent les huissiers et les gens d'affaires, et le mit dans la poche de côté de sa redingote, dans laquelle il refusa d'entrer complètement.

— Là dedans, — se dit-il, — j'ai tout ce qu'il me faut.

Dans un tiroir il prit un revolver de toute petite dimension, d'un fort joli modèle à percussion centrale et bruni, qu'il plaça dans sa poche.

Il mit dans sa redingote un mouchoir à carreaux et pour occuper ses mains que ses poignets frangés par l'usure ne voulaient pas rejoindre, il saisit un parapluie en alpaga marron percé le long de chaque pli.

Ce fut tout.

Dans un dernier regard dans sa glace, un examen final le satisfit absolument.

Il sortit sans bruit, descendit la seconde partie de l'escalier qui aboutit derrière la chapelle dans la pièce qui sert de chambre au sacristain.

A cette heure, le père Hilaire était avec Geneviève en train de déjeuner.

La chapelle était déserte.

Le bonhomme la traversa et se trouva dans la rue des Écuries-d'Artois.

Il fila aussitôt dans la direction du boulevard Haussmann qu'il suivit en marchant de ce pas qui semble propre aux saute-ruisseau, battant de ses talons sa culotte crottée et ne paraissant intéressé par rien de ce qui l'entourait comme s'il était absorbé par le désir de trouver la pièce de vingt sous qui lui permettra enfin de satisfaire son estomac affamé.

— A cette heure, — pensa-t-il, — je suis sûr de trouver M. de Lovely chez lui.

Il s'arrêta devant le numéro 40, une maison dont les moindres loyers devaient être de plusieurs milliers de francs.

En passant devant la loge, — il faudrait dire l'appartement, — du concierge, un homme à impériale grise, décoré de la médaille militaire, un ancien gendarme sans doute, le concierge en un mot, l'appela :

— Hé ! dites donc, vous ?

Il s'arrêta.

— Où allez-vous ?

— Chez M. de Lovely, — répondit le bonhomme avec une voix traînante et un accent faubourien.

— Qu'est-ce que vous lui voulez ?

— C'est pour une affaire.

— Il vous connaît?

— Ça, ça me regarde.

Et il se mit à gravir l'escalier à la rampe superbe et au tapis moelleux.

La mise de M. Savournin inspirait si peu de confiance que le concierge s'était vivement défié de lui.

Il n'était pas encore rassuré, en voici la preuve.

Comme cela existe dans les maisons modernes bien tenues, une sonnette électrique et un tube acoutisque relient chaque appartement à la loge du concierge.

Avant que M. Savournin fût au milieu de l'escalier, un coup de sifflet retentissait dans l'antichambre de M. de Lovely et un second lui répondait dans la loge.

Alors, par le cornet acoustique, le concierge demanda :

— C'est vous, Valentin ?

On lui répondit :

— Oui.

— Il monte un drôle d'individu qui demande M. Lovely. Ouvrez l'œil.

— Suffit. — Merci !

Deux secondes après, le timbre de la porte résonna sous les doigts du personnage aussi défavorablement annoncé.

Le domestique prévenu ouvrit et se plaçant sur la porte comme pour en défendre le passage :

— Que voulez-vous ? — questionna-t-il.

— M. de Lovely.

— Monsieur ne vous connaît pas.

Cette réponse stupéfia le bonhomme.

— Qu'en savez-vous ? — dit-il.

— Qu'avez-vous à lui dire ? — demanda encore l'homme en livrée.

— C'est pour une affaire.

— Quelle affaire ?

— Un contrat d'assurances.

Alors le valet de chambre de M. de Lovely crut comprendre.

Ce n'était pas la première fois qu'il voyait venir de ces individus en quête d'affaires et de courtages, qui viennent proposer des assurances ou des avenants à faire sur les polices, si l'on est déjà assuré.

— Monsieur est assuré, — fit-il superbement. — D'ailleurs, M. de Lovely ne s'occupe pas de ces affaires. Cela regarde son architecte.

— Mais il s'agit d'une assurance sur la vie, — insista le famélique individu.

— Je vous dis que monsieur ne s'occupe pas d'affaires.

Et il lui ferma la porte sur le nez.

Tandis qu'il demeura ainsi quelques secondes, M. Savournin se dit :

— Décidément, ce n'est pas ainsi que je parviendrai auprès du père de la jolie Germaine.

Et, en descendant l'escalier, il pensa :

— C'est bon, je vais trouver un moyen de m'y prendre différemment.

Le concierge le regarda passer d'un air insolent et narquois que lui inspira sa mine piteuse et déconfite.

Quand il fut dehors il vit en face un marchand de vins.

Puis, il chercha un boulanger et un charcutier.

Il acheta du pain et du pâté d'Italie et vint chez le marchand de vins où il s'assit au fond de la boutique à une table en face de la devanture ce qui lui permettait de ne pas perdre de vue la porte de la maison qu'il venait de quitter.

— Un café, — dit-il au garçon.

Et en même temps, sachant qu'il n'inspirait pas grande confiance, il mit une pièce de cinquante centimes sur la table, ce qui fait qu'on lui servit son verre sans soucoupe.

Il se mit alors à manger son morceau de pain sur lequel il étendit sa charcuterie avec un couteau de poche, mangeant lentement, comme un individu qui cherche non seulement à déjeuner, mais encore à passer le plus longtemps possible hors de la rue.

Quand il eut achevé, — au bout d'une longue demi-heure, — il trempa ses lèvres dans le verre de café et confectionna une cigarette avec un reste de tabac sec et brisé qu'il ramassa au fond d'une de ses poches de gilet.

Puis, il demanda les *Petites affiches*.

En les parcourant, il avait l'air d'un malheureux à la recherche d'un emploi vacant.

Cependant il regardait toujours la porte du numéro 40.

Vers deux heures, une jolie victoria, attelée de deux pur sang aux robes blanches, vint attendre devant la maison de M. de Lovely.

Dix minutes après, une jeune fille blonde, belle, élégante par sa toilette, ayant le cachet de la distinction suprême, Mlle Germaine de Lovely, âgée de vingt ans seulement, parut accompagnée d'une dame de compagnie, Mme Darbois, qui avait été autrefois son institutrice.

Elles montèrent toutes les deux dans la voiture qui partit aussitôt dans la direction du bois de Boulogne.

Un quart d'heure ne s'était pas écoulé que M. de Lovely sortit à son tour.

A l'expression de visage du famélique individu qui était chez le marchand de vins, on pouvait comprendre qu'il s'attendait à le voir.

Aussitôt il quitta sa place et marcha rapidement dans la même direction que le père de Germaine en se tenant sur le trottoir opposé.

Lorsqu'il fut arrivé en face du square qui entoure la chapelle expiatoire, il traversa la chaussée et revint en sens contraire, de façon à rencontrer M. de Lovely.

A deux pas de lui, il s'arrêta.

Il salua gauchement.

— Pardon, — fit-il, — monsieur de Lovely, n'est-ce pas ?

Le millionnaire s'écarta avec une sorte de dégoût à la vue de ce personnage abject.

— J'avais l'honneur de me rendre précisément chez vous, — ajouta l'ex-curé de Glamondans absolument méconnaissable.

— Qui êtes-vous? — fit alors, avec un air contrarié par cette rencontre choquante, M. de Lovely qui s'était également arrêté.

— Oh! monsieur, mon nom ne vous dira rien. Je me nomme Auguste Pallette.

— Je ne vous connais pas.

— Je le sais,... je suis courtier d'assurances.

— Eh bien!

— Je venais vous prier de me donner l'adresse de votre ami Jules Vernet.

Subitement, le visage de M. de Lovely devint affreusement pâle.

Le gredin tenait fixés sur lui des regards pénétrants.

— Jules... Vernet!... — balbutia-t-il.

— Oui, Jules Vernet, — fit M. Savournin en appuyant sur ce nom. — Jules Vernet qui était à La Plata avec vous.

Alors, le père de Germaine, grâce à un puissant effort de volonté, reprit possession de lui même.

— Vous le connaissez? — demanda-t-il.

— Beaucoup.

— Il y a plus de vingt ans que M. Vernet est mort.

— Ah!

Et comme M. de Lovely s'apprêtait à continuer sa promenade :

— Je voudrais vous parler de lui, — dit la sinistre canaille. — Je suis sûr que ce que je vous dirai vous intéressera.

Et pour le convaincre, il ajouta :

— Il s'agit d'un contrat d'assurances.

La pâleur la plus livide envahit de nouveau les traits du millionnaire.

Après un silence, plein d'oppression, il répondit :

— Eh bien!... venez me voir.

— Quand?

— Ce soir.

— A quelle heure?

— A dix heures.

— Chez vous?

— Oui.

— Croyez, monsieur de Lovely, que je serai exact.

Et remettant son chapeau misérable sur sa tête :

— J'ai bien l'honneur de vous saluer, — fit-il.

Alors, ils s'éloignèrent tous en deux sens inverses, l'un fort satisfait du résultat de son entreprise, l'autre en proie à une terreur épouvantable qu'il chercha à dissimuler et à dissiper de son mieux.

CHAPITRE XIX

M. de Lovely

LES affaires de M. Savournin, — autant dire celles de l'abbé Guérard, — marchaient à merveille.

En suivant le boulevard Haussmann, l'individu famélique dont l'ex-curé de Glamondans avait pris le type, son parapluie sous le bras, se frottait vigoureusement les mains en signe de contentement.

Il était heureux de l'effet produit sur M. de Lovely par le nom de Jules Vernet.

Le soir, il aurait une entrevue avec lui.

Qu'en résulterait-il?

Le misérable n'avait pas de craintes à ce sujet, mais il ne pouvait se défendre d'une certaine perplexité.

Il se souvint qu'il avait dit à son cocher de venir le prendre à sept heures pour le conduire au théâtre.

Maintenant il fallait donner contre-ordre.

Il entra dans un débit de tabac et acheta une carte postale.

Avec un crayon-encre que contenait son portefeuille, — une bonne précaution pour quelqu'un qui peut avoir une signature à demander, — il écrivit un mot à sa domestique et la prévint de ne pas l'attendre le soir, obligé qu'il était de passer la nuit dehors.

A la rue des Écuries-d'Artois, on ne l'attendait pas. — Geneviève se couchait à huit heures et dormait comme une momie sans que le plus grand bruit puisse l'éveiller avant cinq heures du matin.

Il jeta sa carte dans un bureau de poste, afin qu'elle fût rapidement transmise.

L'ex-curé de Glamondans, véritable artiste pour opérer des transformations, aimait encore à se procurer du succès et à en jouir.

En passant devant la glace d'une devanture, il se regarda et se trouva si bien réussi qu'il résolut de se présenter à l'agence matrimoniale de la rue de la Victoire.

Il serait impossible de le reconnaître.

Cela lui ferait passer le temps.

Il se rendit donc à l'agence et se présenta d'un air hésitant, à travers la porte

SAINT-GERMAIN. — IMPRIMERIE D. BARDIN ET Cⁱᵉ

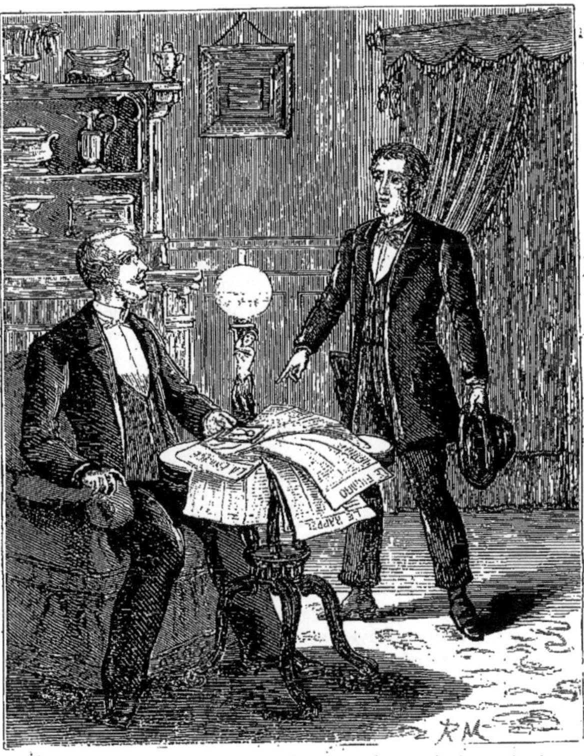

— Vous savez mieux que moi encore que le nom que vous portez n'est pas le vôtre,
répondit le cynique personnage. (Page 110.)

vitrée, au chasseur en livrée qui le regardait comme on regarde quelqu'un qui se
trompe.

Ce fut le soi-disant Auguste Palette qui ouvrit lui-même la porte, devant le peu
d'empressement du jeune employé.

— Que demandez-vous? — questionna celui-ci.

— Le directeur de la maison.

— Pour affaire?

Du fond de son cabinet M. Ferréol entendit ce court dialogue.

— Un client! — pensa-t-il avec joie.

Et aussitôt il cria, après avoir fait mouvoir sa sonnette d'appel :

— Paul ! conduisez monsieur ici.

Le chasseur obéit.

Déjà M. Ferréol se levait pour faire un accueil gracieux à ce bienvenu, mais lorsqu'il vit cet individu à mine misérable, traînant les pieds, mal vêtu, il se rassit et demanda fort désappointé et de très mauvaise humeur :

— Qu'y a-t-il ?

Lui qui, il y a douze jours à peine, n'avait pas une mise plus avenante ni un aspect plus engageant qu'Auguste Palette, il était devenu subitement fier.

Il fallait que M. Savournin fût joliment fort pour ne pas s'esclaffer de rire en l'entendant.

Il répondit d'un air humble :

— Je viens, monsieur, vous proposer de vous faire des affaires.

— Quelles affaires ? — fit durement M. Ferréol.

— Je suis courtier d'assurances, mais ça ne va pas fort en ce moment... — J'ai vu dans les journaux la publicité que vous avez faite et j'ai eu l'idée de venir vous proposer...

— Quoi donc ? — de nous amener des clients ?

— Oui, monsieur... je pourrai peut-être...

— Nos clients sont d'un autre monde que le vôtre.

— Cependant...

— Et puis nous n'acceptons que des intermédiaires présentables.

— Mais, si vous vouliez...

— Non, c'est inutile, — Paul, reconduisez cet individu.

Auguste Palette ne se fit pas prier.

Au fond M. Savournin était joliment content de son expérience.

Il était méconnaissable : il en avait la preuve.

De plus, il savait maintenant comment M. Ferréol dirigeait la maison, et il avait été témoin de la dignité avec laquelle il remplissait ses fonctions directoriales.

Il s'agissait de passer le temps jusqu'au soir, pour attendre l'heure du rendez-vous fixé par M. de Lovely.

À cette pensée, M. Savournin se sentit impatienté.

Il n'était pas encore cinq heures.

Que pouvait-il faire ?

Il marcha en se dirigeant vers les grands boulevards, et là il grimpa sur l'impériale d'un omnibus.

Il avait assez bien l'air d'un saute-ruisseau d'agent d'affaires de dixième ordre allant en courses et économisant ses jambes au détriment de son ventre.

Arrivé au boulevard Sébastopol, il descendit et reprit un tramway allant à Montrouge.

Il était cinq heures et demie quand il fut dans ce quartier excentrique.

Il se promena quelque temps, puis il entra dans une crémerie et dîna d'une cuisine qui ne lui était pas familière et à laquelle il aurait refusé de s'abonner.

Il fit traîner son dîner jusqu'à sept heures et demie et, passant ensuite devant un café-concert aussi borgne qu'enfumé, il y pénétra pour attendre l'heure de se rendre au boulevard Haussmann.

En y arrivant, le misérable, tant il prenait son rôle au sérieux, éprouvait la même volupté que s'il eût été réellement dans la position qu'il représentait, à la pensée de narguer le concierge et le valet orgueilleux qui l'avaient si mal reçu le matin.

Il savait cette fois qu'une bonne réception lui était réservée.

Il passa plus fier devant la loge. — Mais le concierge l'appela de nouveau.

— Hé ! là ! hé ! là — cria-t-il en sortant. — Où allez-vous donc comme ça ?

— Je vais chez M. de Lovely, — répondit Auguste Pallette avec aplomb.

— Eh bien ! mais vous êtes déjà venu ce matin ?

— Certainement, et je reviens. — M. de Lovely m'attend.

— Ah ! — fit le concierge avec autant de mécontentement que de méfiance.

Et il le laissa monter en se disant :

— Ça m'étonne !... Enfin, Valentin le recevra.

Au coup de sonnette, le valet de pied vint ouvrir.

— M. de Lovely ? — dit l'abject personnage.

Et avant que le larbin eût entr'ouvert la bouche, il ajouta :

— Monsieur m'attend. — Annoncez M. Auguste Pallette.

Le domestique referma la porte, laissa son étrange visiteur dans l'antichambre, et alla prévenir son maître.

— Il y a là, monsieur, — prononça-t-il, — un individu de mauvaise mine, qui est déjà venu ce matin, et qui prétend que monsieur l'attend. — Faut-il le mettre dehors ?

— Comment est cet homme ? — demanda le père de Germaine en jouant la surprise.

— Fort mal. — Il dit se nommer Pallette.

— Pallette ?...

— Oui, monsieur. — Auguste Pallette.

— Ah ! bien, je sais. — C'est un pauvre diable auquel je me suis intéressé autrefois. — Faites-le entrer.

— Monsieur va le recevoir ?

— Oui, je vais voir ce qu'il veut... ce pauvre garçon n'est pas heureux... — Amenez-le-moi dans mon cabinet !

Ce fut de mauvaise grâce que Valentin exécuta cet ordre.

M. de Lovely se rendit dans la pièce indiquée, s'assit à sa table, devant un journal, afin de se donner une contenance, et attendit.

La porte s'ouvrit, le famélique personnage entra, puis, elle se referma derrière lui.

— Monsieur de Lovely, — fit Auguste Pallette, — j'ai l'honneur de vous saluer.

— Veuillez m'expliquer ce qui vous amène, — dit le millionnaire, — car je n'ai pas de longs instants à vous accorder.

— Je puis être très bref, — répondit le misérable en restant debout devant la table. — Une personne de mes amis a beaucoup connu autrefois M. Jules Vernet.

— Quelle est cette personne ?

Il ne répondit pas directement à cette question.

— J'ai une photographie de M. Jules Vernet, — fit-il.

Et voyant que le père de Germaine s'efforçait de dissimuler une violente émotion, il ajouta :

— C'est un portrait fait à Saint-Étienne, en 1852.

Alors, une pâleur livide envahit les traits de M. de Lovely, mais presque aussitôt, sous l'effort d'une colère intérieure, un flot de pourpre la remplaça.

L'ex-curé de Glamondans savait qu'il avait frappé juste.

*
* *

Depuis que cet individu s'était présenté à lui sur le boulevard Haussmann, et avait prononcé le nom de Jules Vernet, M. de Lovely s'était senti assailli par des craintes et des pressentiments sinistres.

Il avait vu cet inconnu surgir devant lui comme un fantôme qui ramenait dans les plis de son suaire un passé qu'il croyait enseveli à tout jamais.

Le nom prononcé par cet homme avait suffi pour jeter en lui cette indicible épouvante.

Cet inconnu, ce misérable, que savait-il ?

Telle était la première question qui s'était posée dans l'esprit de M. de Lovely, lorsqu'il commença à être un peu maître de lui-même.

Il lui importait de savoir jusqu'où allaient les connaissances de cet homme.

Il avait parlé de Jules Vernet, mais le connaissait-il ?

C'est pour cela qu'il avait dit à Auguste Pallette de venir le voir chez lui.

Il se promettait de l'interroger habilement, de lui faire dire ce qu'il savait, et s'il découvrait que cet homme possédât une preuve quelconque du passé, il la lui achèterait ou il la rendrait inutile en ses mains.

Il prévoyait qu'une tentative de chantage allait être dirigée contre lui ; mais il ne s'en émouvait pas outre mesure.

L'air misérable de l'individu qu'il avait vu, lui laissait à penser que s'il s'était rendu maître d'un des secrets de son existence, il pourrait, avec un peu d'argent, se délivrer des liens que l'on essayerait de faire peser sur lui.

Pourtant, la préoccupation qui s'était emparée de son esprit ne l'avait pas abandonné un seul instant.

Il n'avait pu, malgré la confiance qu'il cherchait à avoir, se défendre d'une certaine anxiété ni dissiper de sombres pressentiments.

Il fallait que ce nom de Jules Vernet eût éveillé chez ce millionnaire des souvenirs bien épouvantables, pour qu'il conçût de si violentes appréhensions.

L'ex-curé de Glamondans savait bien ce qu'il faisait en agissant ainsi auprès de M. de Lovely.

Sa conduite était le résultat d'un calcul combiné depuis longtemps déjà.

Ce n'est pas sans motif qu'il avait pris cette apparence sordide et misérable pour se présenter au père de Germaine. — Il savait que l'idée qui naîtrait en lui à sa vue serait celle de l'acheter pour un peu d'argent.

Cela lui permettrait de bien observer sa position et de profiter en maître de tous ses avantages.

Quant au prix du marché, le gredin l'avait à l'avance fixé dans son esprit, et il se chargeait bien de contraindre M. de Lovely à souscrire à ses conditions.

Ils s'envisageaient tous les deux en ce moment avec ces pensées diverses, semblables à deux adversaires qui, avant la lutte, se mesurent du regard, chacun cherchant à découvrir les avantages et les faiblesses de l'autre.

A l'émotion qui se peignit sur les traits de M. de Lovely, lorsque Auguste Pallette lui dit qu'il possédait une photographie de Jules Vernet faite à Saint-Étienne en 1852, le misérable sentit sa supériorité.

Il était bien résolu à en profiter.

— Voulez-vous me montrer cette photographie? — demanda M. de Lovely après un instant de silence.

Mais le faux Auguste Pallette répondit :

— Je ne l'ai pas portée avec moi.

— Ah! j'aurais bien voulu revoir le portrait de mon ami, pour savoir s'il ressemble à celui que j'ai.

— Il me sera facile de vous renseigner sur la ressemblance des deux portraits de *votre ami*, — répondit l'abbé Guérard en appuyant sur ces deux derniers mots.

— Voulez-vous me montrer cette photographie?

La condescendance du père de Germaine pour le misérable individu qui était en sa présence serait inexplicable si nous ne savions que M. de Lovely cherchait à pénétrer dans la pensée de son adversaire et à se rendre compte de ce qu'il savait.

Il se leva et prit un petit cadre qui était accroché au mur auprès de la cheminée.

— Voici, — fit-il en le plaçant devant Auguste Pallette.

Mais celui-ci eut à peine jeté les yeux sur ce portrait qu'un sourire ironique vint à ses lèvres et que, de sa voix traînante qui semblait prendre une intonation railleuse, il dit :

— Ah! mais ce n'est pas le portrait de M. Vernet!

— Que dites-vous? — s'écria le père de Germaine qui ne l'avait pas perdu de vue un instant.

— Je dis que c'est là le portrait de M. de Lovely.

— Vous êtes fou !

— Non. Je sais au contraire fort bien ce que je dis, — ajouta-t-il avec le calme le plus imperturbable. — Je connais M. de Lovely et je possède aussi cette photographie.

— M. de Lovely, c'est moi, et je suis le seul de mon nom.

— Vous! — fit Auguste Pallette. — Oh! non, par exemple! — Vous êtes Jules Vernet... M. de Lovely est mort le 6 Janvier 1853 à la Plata.

Alors, le père de Germaine devint subitement aussi pâle qu'un cadavre.

Il saisit brutalement le portrait, et il s'écria :

— Vous mentez!

Le misérable, au lieu de répondre, le regarda en souriant cauteleusement et avec ironie.

Mais M. de Lovely comprit que son emportement était contre lui-même en trahissant la situation de son esprit. — Il chercha à se contenir et ce fut sur un ton subitement radouci qu'il demanda :

— Qu'avez-vous voulu dire ?

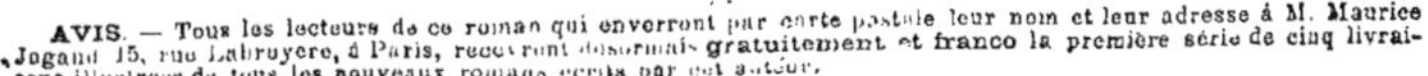

— La vérité, — répondit le cynique personnage. — Vous savez mieux que moi encore que le nom que vous portez n'est pas le vôtre...

Ces paroles amenèrent un nouveau flot de colère au visage du millionnaire.

— Je vois que vous allez encore vous emporter, — lui dit Auguste Pallette, — et il en sera de même à chaque nouvelle affirmation que je produirai. — Nous n'arriverons jamais à nous entendre ; je l'avais bien prévu. Aussi j'ai préparé un petit mémoire que je vais avoir l'honneur de vous remettre et que vous voudrez bien lire à tête reposée. Cela vous édifiera sur ce que je sais.

En disant cela, le gredin sortit de son long portefeuille un petit cahier formé par la réunion d'une dizaine de pages couverte d'une écriture menue et serrée et il le posa sur la table de M. de Lovely.

— Quelles sont donc vos intentions ? — demanda celui-ci.

— Mon Dieu ! monsieur, si vous le voulez bien, nous causerons de cela plus tard. — Je reviendrai vous voir au jour qu'il vous plaira de me fixer dans la huitaine.

— Lisez auparavant mon petit mémoire, afin que vous soyez édifié... — J'en ai le double chez moi.

— Où demeurez-vous ? — questionna le père de Germaine.

— Poste restante.

Et ayant dit cela, Auguste Pallette ajouta :

— J'ai l'honneur de vous saluer.

Puis, il sortit.

CHAPITRE XX

À bord de « l'Amazone »

LE misérable traversa le salon, et se souvenant fort bien du chemin parcouru, ouvrit la porte donnant sur l'antichambre où deux domestiques causaient et flânaient.

Ce fut de fort mauvaise grâce que le valet de chambre que nous avons entendu appeler M. Valentin par le concierge lui ouvrit la porte.

Mais il se souciait fort peu de l'attitude que des gens de service pouvaient avoir envers lui. — Il était arrivé à son but et il l'atteindrait mieux encore, pensait-il.

M. de Lovely était demeuré devant son bureau comme cloué par une stupeur émouvante, les regards rivés au papier que l'ex-curé de Glamondans avait déposé.

Il aurait voulu attendre pour parcourir ces pages d'être sûr de ne pas être dérangé.

Germaine, la fille qu'il adorait, était au théâtre avec Mme Darbois, son institutrice, et la mère de son fiancé, Gaston des Noyelles.

En revenant de l'Opéra-Comique, elle viendrait, selon son habitude, embrasser son père, avant de se retirer dans sa chambre.

Mais le désir impatient et avide le brûlait.

Il avait soif de connaître jusqu'à quel point allaient les découvertes faites par ce misérable au pouvoir de qui il avait peur de se trouver.

Il prit le cahier d'une main tremblante, il l'ouvrit et jeta les yeux sur les premières lignes.

Soudain son visage se couvrit d'une pâleur livide et une sueur froide perla à ses tempes. — En même temps, il sentit une compression douloureuse se produire autour de sa tête, comme s'il eût eu le crâne enserré dans un cercle de fer.

Il venait de lire ceci :

Raoul de Lovely. — 48 *ans*

FORTUNE : SEPT MILLIONS ENVIRON .
Paris, boulevard Haussmann, 40, au premier étage.

« La famille de Jules Vernet est originaire de Saint-Étienne (Loire). — Elle se
« composait du père, architecte, ruiné en 1848, et décédé en 1851. — De la mère,
« née Durieux, morte en 1845. — Et d'un fils, Jules, né le 5 janvier 1828, élevé au
« lycée de Lyon, où il demeura jusqu'en 1844.

« Jules Vernet travailla alors avec son père, qui aurait préféré le voir aller à
« Paris à l'École Centrale.

« Lorsque son père mourut, Jules Vernet n'avait absolument aucune fortune.
« Mais il était excessivement ambitieux et, voulant arriver en peu de temps à une
« position importante, il résolut d'aller s'enrichir en Amérique.

« Ayant à peine un millier de francs produits par la vente de tout ce qu'il pos-
« sédait, n'ayant plus aucun parent, il partit de Saint-Étienne au mois de Mai 1852
« et, après un séjour d'une semaine à Paris, il se rendit au Havre.

« Il prit passage sur l'*Amazone*, paquebot de la Compagnie transatlantique qui
« était en partance pour la Plata, n'ayant pu payer que le prix de passage de
« deuxième classe.

« Le deuxième jour de la traversée, il reconnut sur le gaillard d'arrière, réservé
« aux passagers de première classe, un de ses amis d'enfance, Raoul de Lovely. »

. . . .

Pour comprendre la terreur qui s'empara de M. de Lovely à cette lecture, il est indispensable de connaître ce qui s'était passé.

Le mystère de la vie de cet homme le mettait à l'absolue discrétion de l'ex-curé de Glamondans qui l'avait découvert.

*
* *

Ainsi que nous l'avons entendu déclarer au misérable qui s'était introduit chez le millionnaire, le père de Germaine s'appelait de son véritable nom Jules Vernet.

Le fils de l'architecte de Saint-Étienne avait été élevé dans le plus grand luxe qui puisse être permis en province. — Le somptueux train de maison avait été donné par sa mère, femme orgueilleuse à l'excès et qui, se sachant admirablement belle, faisait son bonheur de vivre dans un sanctuaire fastueux, entourée sans cesse de nombreux adorateurs.

Pourtant M. Vernet gagnait environ quarante mille francs par an à peine. — C'était sans doute une position fort belle, mais il aurait fallu que les dépenses ne surpassassent pas les revenus.

Mais, pour recevoir somptueusement une fois par semaine, pour avoir sans cesse une table ouverte, pour faire chaque année un voyage coûteux à Paris et une saison aux eaux, pour avoir écurie et voitures, pour ne se refuser aucun plaisir, pour suivre dans les toilettes le luxe et les caprices des modes de la capitale, une telle fortune ne devait pas suffire.

En mari faible et amoureux jusqu'à l'aveuglement, M. Vernet avait consenti à toutes ces folles dépenses, et il avait laissé prendre ce pied chez lui.

Le produit de son travail étant insuffisant, ce fut d'abord la dot de sa femme qui dut parfaire la différence. — Les hypothèques prises sur les immeubles permirent de continuer. On eut ensuite recours aux emprunts et enfin on fut obligé de vendre.

Cependant, la ruine n'apparut que le jour où le père de Jules Vernet mourut à son tour.

Le jeune homme avait été habitué à cette vie de millionnaire et il en avait contracté tous les goûts, innés d'ailleurs chez lui et transmis par sa mère.

Aussi, lorsqu'il sut qu'il ne possédait plus rien, son désappointement fut épouvantable.

Il demeurait seul au monde et sans fortune.

Il ne restait avec lui dans le petit appartement où son père était mort, rue Saint-Louis, qu'une domestique, Léonie, qui, malgré les revers, était demeurée attachée à la famille.

Qu'allait faire notre jeune ambitieux ?

Pouvait-il se faire à sa position nouvelle ? — Était-il de taille à demander au travail les moyens de satisfaire ses ambitions de fortune et de grandeur ?

Certainement, la besogne la plus âpre et la plus dure ne l'eût pas rebuté, tant était grand son désir de parvenir aux sommets sur lesquels il avait vécu ; mais il savait bien que, quelle que soit la voie dans laquelle il se lancerait, la fortune n'accourrait pas à son premier appel.

Il vit avec épouvante que pour arriver au but qu'il rêvait il lui fallait toute une vie de labeur et d'économie.

Si l'âpreté de la tâche ne le rebuta pas, si son courage pouvait être plus grand que la peine, sa patience n'était pas proportionnée à ses résolutions hardies.

Que lui importerait de posséder une grande fortune lorsqu'il serait usé par l'âge et par le travail et qu'il n'aurait plus les forces nécessaires pour jouir du fruit de ses peines et de ses privations !

— Encore à lire ! fit-elle dès le seuil. (Page 124.)

Il voulait la fortune rapide, quelque pénible et ardue qu'en soit la conquête, mais la fortune survenant quand il serait encore à la fleur de l'âge, ayant encore devant lui de longues années de force et de jeunesse pour en jouir largement.

Il avait entendu parler de l'Amérique d'où des gens étaient revenus en quelques années les mains pleines de millions.

Ce fut vers le nouveau monde qu'il dirigea ses vues et sa résolution fut promptement prise.

Léonie, la vieille domestique qui l'affectionnait beaucoup, entrevit avec peine cette séparation, elle qui avait pensé qu'elle mourrait dans cette maison où elle était depuis son enfance.

Quand elle connut le parti que son jeune maître avait pris, elle lui manifesta sa douleur de le quitter, et elle lui annonça qu'elle avait l'intention de se faire religieuse, ne voulant pas servir d'autres maîtres.

Elle prit le voile au couvent de Notre-Dame de l'Apparition, le lendemain du jour où Jules Vernet partait pour Paris, ayant vendu tout ce qui lui restait et ayant réalisé environ un millier de francs.

Après avoir passé une semaine à Paris, le fils de l'architecte se rendit au Havre où il devait prendre un paquebot qui le conduirait à la Plata.

Il ne lui restait, son voyage payé, qu'un peu plus de cinq cents francs.

Par bonheur, une rencontre inespérée vint doubler l'espoir que l'ambition avait créé en lui.

Sur l'*Amazone*, parmi les passagers de première classe, se trouvait un des amis de collège de Jules Vernet, — un camarade qu'il n'avait plus vu depuis quatre ans.

Par un matelot, il lui fit remettre une carte sur laquelle il écrivit :

Ton ami Jules Vernet, du lycée de Lyon, se trouve parmi les passagers de l'Amazone et t'envoie le bonjour.

Le jeune homme à qui s'adressait cette carte la lut.

— Jules Vernet, — se dit-il ; — oh ! oui, je me souviens.

Et il demanda au matelot :

— Où se trouve la personne qui vous a remis ceci ?

— C'est un passager de seconde.

— Je puis aller lui serrer la main ?

— Certainement, monsieur.

Raoul et Jules Vernet avaient été deux excellents amis au lycée. — Cette rencontre inattendue, ce voyage accompli ensemble devaient resserrer leurs liens d'amitié.

Le jeune passager des premières alla trouver son ami et en lui serrant vivement la main :

— Mon cher Jules, — lui dit-il, — je suis heureux de te rencontrer... — Mais comment se fait-il?...

Connaissant la fortune des parents de Jules Vernet, il s'étonnait de le voir sur un paquebot parmi des passagers de seconde classe.

Jules Vernet le comprit si bien qu'il n'acheva pas.

— Hélas ! mon cher ami, — répondit-il, — j'ai été obligé de faire des économies.

— Des économies ! mais comment donc ? Je croyais que tes parents étaient excessivement riches.

— Ils l'étaient, en effet, à cette heureuse époque où nous étions enfants. Aujourd'hui mon père et ma mère sont morts, et n'ayant aucune fortune par suite de la ruine qui nous a atteints, je vais en Amérique essayer de conquérir quelques centaines de mille francs plus rapidement qu'en France.

— Ah ! — fit Raoul avec autant de compassion que de surprise.

— Et toi, mon cher, que vas-tu faire sur la terre de Christophe Colomb ? — questionna Jules Vernet.

— Oh! moi, c'est une tout autre affaire. Je te raconterai ça, mais à une condition.

— Laquelle ?

— Que tu accepteras ce que je vais te proposer.

— Propose.

— Tu accepteras ?

— Sans doute.

— Eh bien! mon cher ami, tu vas passer parmi les passagers de première classe. Il y a une couchette qui est libre dans ma cabine et...

— Soit, j'accepte cela de toi.

— Suis-moi, alors.

Les deux amis se dirigèrent alors vers la dunette où était le bureau du commissaire du bord.

Raoul expliqua ce qu'il désirait.

La mutation était fort simple à faire. Il n'y avait qu'à payer le supplément établi par la différence de prix des premières classes et des secondes.

Raoul solda et le commissaire lui dit :

— Vous pouvez conduire votre ami aux premières, monsieur de Lovely. Je vais faire transporter ses bagages par un homme de l'équipage.

Jules Vernet, qui attendait à quelques pas, avait entendu. — Un air de surprise passa sur son visage.

Quand Raoul l'eut rejoint :

— Quel nom a donc prononcé en te parlant le commissaire du bord? — demanda-t-il.

— De Lovely?

— Oui. — Tu es donc sous un autre nom?

— Cette explication est comprise dans ce que j'ai à te dire. — Viens, allons sur le gaillard d'arrière; nous causerons à notre aise pendant que l'on va t'installer dans ma cabine.

Jules Vernet était fort intrigué. Il ne connaissait à son ami d'autre nom que celui de Raoul.

Quand ils se furent assis sur un banc, l'un auprès de l'autre, Raoul commença :

— Ce nom que tu m'as entendu donner par le commissaire du bord t'a surpris?
— C'est pourtant mon nom... maintenant. — Au lycée de Lyon, on ne m'appelait que Raoul et je n'avais pas, en effet, d'autre nom. — J'étais, comme tu t'en es douté probablement, enfant naturel.

Lorsque j'eus terminé mes études, un an après toi, si je me souviens bien, le proviseur me fit appeler et me remit à un excellent homme, M. Sealing, précepteur anglais, auquel la personne qui s'intéressait mystérieusement à moi voulait que je restasse confié. — On me fit des recommandations tout en m'initiant à ma position, car j'étais en âge à demander une explication sur ma famille que je n'avais jamais connue.

Je partis donc avec M. Sealing qui, pour achever mon éducation, se mit à me faire voyager.

Je le questionnai bien des fois sur mes parents, mais il éluda toujours mes questions.

Enfin, il y a quelques mois, une dépêche nous appela subitement à Londres, tandis que nous étions à Buda-Pesth. — Alors, j'appris la vérité.

J'étais l'enfant naturel de M. de Lovely, un Français anglicanisé, qui avait passé toute sa vie en Angleterre. — Ma mère était la femme d'un officier de la marine anglaise qui fut la maîtresse de mon père et qui mourut en me donnant le jour pendant que son mari était en station dans le golfe de Siam.

C'est pour cela que je n'avais d'autre nom que celui de Raoul. — Mon père avait veillé sur moi et avait pris soin de mon enfance. Il devait me laisser ignorer le secret de ma naissance, parce qu'il redoutait la fureur de lord Birgham, le mari de ma mère, qui avait juré de me rechercher partout et de m'enlever à l'affection de mon père en me reconnaissant lui-même comme son fils.

Mais alors, lord Birgham était mort et mon père lui-même était à toute extrémité.

C'est ainsi que j'appris tout ce qui me concernait et que je ne te raconte pas en détail.

Enfin, mon père m'adopta avant de mourir, et c'est pour cela que je porte maintenant le nom de Lovely qui est bien le mien.

La stupéfaction de Jules Vernet était grande.

Les deux amis causèrent longtemps ensemble. Ils avaient tant de choses à se dire, unis comme ils l'avaient été autrefois et ayant été aussi longtemps sans se voir !

Raoul de Lovely raconta que son père lui avait laissé une fortune de deux millions, mais que tout cet argent était représenté par la possession d'un placer situé à la Plata et où les filons d'or semblaient être inépuisables.

C'est pour cela qu'il se rendait en Amérique où il voulait prendre lui-même en mains l'affaire qui lui était laissée par son père.

— Et toi, mon cher Jules, — demanda Raoul de Lovely lorsqu'il eut achevé, — que vas-tu faire en Amérique ? chercher la fortune, comme tu me l'as dit ?

— Oui, mon cher Raoul, je n'ai pas d'autre but, — répondit le fils de l'architecte stéphanois. — Mon histoire est juste le contraire de la tienne.

Il fit alors le récit que nous connaissons, et apprit à son ami comment son père était mort absolument ruiné.

Raoul de Lovely, doué d'un excellent cœur, ayant retrouvé toute l'amitié, accrue même par la séparation, qu'il avait eue autrefois pour Jules Vernet, compatit sincèrement à son infortune.

Pendant toute la traversée les deux amis ne se quittèrent pas.

Leur amitié s'augmenta encore, non seulement par l'intensité nouvelle causée par ce rapprochement inattendu, mais surtout par cette situation commune à tous deux et par la différence de positions.

Raoul dit un jour à Jules Vernet :

— J'ai pensé à toi toute cette nuit.

— Bah !... moi j'ai dormi comme un homme ivre. — Et qu'as-tu pensé ?

— Je me demandais ce que tu vas entreprendre à la Plata.

— Mon Dieu ! mon cher, je n'en sais rien moi-même. — Je vais arriver là-bas avec cinq cents francs un peu écornés, c'est vrai, et je t'assure que l'ambition de faire rapidement fortune qui me dévore, suffira pour me faire trouver promptement ma voie.

— Hum ! — En Amérique, il est presque aussi difficile de réussir qu'en France.

— Allons donc !

— Je te l'avoue. Je sais cela de bonne part. — Autrefois, oui, on découvrait une mine d'or dans quelques hectares de terre que l'on avait achetés pour quelques livres sterling et on devenait millionnaire. C'est le cas de mon père. Mais aujourd'hui, il n'en est pas de même. Les mines d'or sont à peu près toutes découvertes, et le Pactole du nouveau monde se tarit.

— Cependant, avec l'instruction que je possède, je pense que je pourrai me caser quelque part auprès d'un riche industriel, parvenir à une certaine position et épouser enfin une jeune fille riche...

— Je pensais autre chose, — fit Raoul de Lovely.

— Quoi donc ?

— Je t'ai dit que j'allais à la Plata prendre en mains l'exploitation du placer qui appartenait à mon père.

— Eh bien ?

— Veux-tu que nous nous associions ?

— Moi... avec toi !

— Certainement.

Alors Jules Vernet prit la main de son ami et la serra avec effusion.

— Non, mon cher Raoul, — dit-il, — ce que tu me proposes là n'est pas acceptable pour moi.

— Pourquoi ?

— Ta proposition me témoigne la bonne amitié que tu éprouves pour moi, et je t'assure que c'est bien sincèrement et du fond du cœur que je te la rends...

— Je le sais.

— Mais je ne puis accepter cela.

— Encore une fois, pourquoi ?

— A cause de la différence de nos positions, mon cher ami. Tu es deux fois millionnaire et je ne possède rien.

— Qu'importe, puisque c'est moi qui te l'offre.

— Non... non !

— Tu as des qualités administratives que je n'ai pas. Tu es presque ingénieur. — J'aurai besoin de toi, et les services que tu me rendras remplaceront avantageusement la part des fonds que tu ne verseras pas. — Enfin, je ne veux pas me séparer de toi... Je suis seul au monde, à trois mille lieues de la France, je rencontre un ami d'enfance, mon frère en quelque sorte, je ne veux pas être riche quand toi tu ne le seras pas.

Jules Vernet ne savait que répondre.

Cette proposition était si délicatement et si généreusement faite, qu'il ne savait comment faire pour s'y soustraire.

Après un silence :

— Non, — fit-il, — je ne puis pas accepter.

— Enfin, réfléchis, — dit Raoul de Lovely. — Mais note bien que mon projet d'association est bien arrêté et que je n'en démordrai pas. — Il n'y aura que les bases à discuter, ce qui ne sera pas difficile.

CHAPITRE XXI

Substitution

Trois jours après, — encore à bord de l'*Amazone*, — Raoul de Lovely reprit la conversation que nous venons de transcrire.

— Eh bien ! qu'as-tu résolu ? — demanda-t-il à Jules Vernet.

— Mon cher ami, je ne sais que te dire. Ta bonté pour moi me rend confus.

— Allons donc !... Amis comme nous le sommes, nous devons être unis comme deux frères.

— Mais je ne possède rien, et toi...

— Puisque c'est moi qui te propose cette association !

— Je le sais bien. — Écoute, Raoul, je veux bien accepter ton offre, mais j'y mets une condition.

— Laquelle ? — Voyons.

— Je serai ton associé, puisque ton amitié m'en fait une obligation, mais permets-moi de n'y consentir qu'en m'arrangeant pour n'avoir envers toi qu'une obligation morale et non pas matérielle.

— Que veux-tu dire ?

— Voici ce que j'ai pensé : Il est évident que je ne puis faire une mise de fonds égale à ce que tu possèdes ; mais je veux apporter quand même quelque chose et n'avoir qu'une part proportionnelle à ce que j'apporterai.

Ainsi, je ferai une mise de fonds de huit cent mille francs, par exemple, et voici comment. — Je prendrai, dès que nous serons à la Plata, une police d'assurance sur la vie, par laquelle cette somme te sera payée dans un certain nombre d'années, ou le jour de mon décès, si je viens à mourir avant cette époque.

Raoul de Lovely souriait en écoutant son ami qui, généreux autant que lui cherchait un moyen d'accepter ses propositions amicales tout en ménageant sa susceptibilité.

Jules Vernet continua :

— Pour payer la première prime annuelle de ce contrat d'assurances, tu me prêteras la somme voulue, que tu me retiendras ensuite sur ma part de bénéfices.

— Bon, c'est entendu, — répondit Raoul qui continuait à sourire.

— Et tu m'associeras pour une part de bénéfices proportionnelle à ce que vaut l'affaire et à ce que j'apporterai.

— Eh bien ! ça me va. — Ton amour-propre est-il satisfait, orgueilleux ?

— Oui, très satisfait.

— Nous sommes donc associés ?

— Puisque tu le veux.

— C'est tout ce que je désire.

* *
*

Et tout fut fait ainsi que Jules Vernet l'avait dit.

Raoul de Lovely avança à son ami la somme de vingt-cinq mille francs qu'il lui rembourserait en quatre annuités.

Jules Vernet, dès son arrivée à la Plata, se rendit dans les bureaux de la *United states' Insurance Company* et contracta une police d'assurance par laquelle la somme de huit cent mille francs serait payable, le jour de son décès, à son ami Raoul de Lovely.

Il eut à verser pour cela seize mille trois cent vingt francs, montant de la première prime.

Il ne fut point fait d'acte d'association, Jules Vernet s'y opposa.

Enfin, Raoul de Lovely et Jules Vernet, unis par la plus étroite amitié et par des intérêts communs, prirent ensemble l'administration du placer qui était en pleine prospérité.

Neuf mois s'écoulèrent.

Un dimanche matin, Jules Vernet fut très surpris de ne pas voir arriver son ami qu'il attendait à neuf heures pour aller chasser.

Pensant que Raoul s'était rendu chez un Portugais qu'il devait voir pour traiter de l'acquisition d'une terre importante dans laquelle on était certain de trouver un nouveau filon d'or, il y alla lui-même.

A l'extrémité de cette terre, tandis qu'il suivait à cheval un petit sentier serpentant sur le flanc d'une colline, un éboulement l'obligea à revenir sur ses pas pour aller prendre un autre chemin.

En effet, une sorte de précipice s'était ouvert et coupait la route.

Le fils de l'architecte eut un sombre pressentiment. — Il pensa que Raoul pouvait avoir pris ce sentier.

Dès qu'il fut au bas de la colline, d'un coup d'œil il fit une investigation rapide parmi les terres et les blocs de rocher de cet éboulement.

Il aperçut un corps.

Aux vêtements, il reconnut son ami.

Ils portaient tous les deux des costumes en flanelle blanche.

Il s'approcha.

C'était bien Raoul de Lovely qui était là.

Le haut du corps disparaissait sous une énorme masse de pierre, écrasé sans doute.

Ce spectacle lui fit horreur.

Mais aussitôt il pensa à sa position.

Il ne possédait aucun titre, aucun acte. — Qu'allait-il devenir?

Le placer était la propriété de Raoul. — Lui, il n'était rien.

Ces biens considérables allaient revenir à l'Etat, car Raoul de Lovely était sans parents et par conséquent sans héritiers.

Combien il regretta alors d'avoir refusé de faire cet acte d'association que son ami lui avait proposé et que, par délicatesse poussée jusqu'au scrupule, il avait refusé! — Il serait maintenant propriétaire de la moitié de la concession...

Au lieu de cela, il ne possédait rien.

L'assurance sur la vie qu'il avait contractée devenait même une charge pour lui, car la compagnie américaine n'abandonnerait pas sa créance et il aurait toutes les années à payer cette prime onéreuse.

Sinon les seize mille francs qu'il avait versés étaient perdus pour lui et son contrat serait résilié pour non-payement de primes.

Toutes ces pensées surgirent à la fois dans son esprit.

Alors, une idée lui vint.

Si c'était lui qui aurait été pris dans cet éboulement et qui y aurait trouvé cette mort affreuse, rien ne serait changé.

Raoul de Lovely vivant demeurait seul propriétaire du placer.

Bien plus : il recevrait de la compagnie d'assurances les huit cent mille francs stipulés dans le contrat et payables le jour de son décès.

Il réfléchit quelques minutes.

Une résolution fut aussitôt prise.

Il allait se substituer à son ami.

On croirait partout que la victime de cet éboulement c'était lui, Jules Vernet.

Le haut du corps était écrasé par un bloc de rocher et par conséquent le cadavre de Raoul était méconnaissable.

On les connaissait peu dans le pays.

Habillés pareillement, vivant toujours ensemble, du même âge et d'extérieurs presque semblables, cette substitution pouvait être faite.

— A qui cela portera-t-il préjudice, en définitive? — se dit-il, — à l'Etat seul. Il ne reprendra pas sa concession, voilà tout. — Devenu Raoul de Lovely, j'en demeure propriétaire... Tout le placer est à moi,... à moi seul!

Et il se mit immédiatement à faire ce qu'il avait résolu.

Il prit dans les poches du cadavre les objets qu'elles contenaient: le portefeuille, le porte-monnaie, le mouchoir et le reste.

Il y plaça ce qu'il possédait : son propre portefeuille, sa bourse, son mouchoir, quelques lettres

Cela fait, il revint à l'habitation où il demeurait avec son malheureux ami.

— Misérable! s'écria-t-il, je vous défends de prononcer ce nom. (Page 130)

Raoul de Lovely et Jules Vernet avaient à leur service quatre domestiques ; l'un Jack était Anglais, c'était un valet de chambre, chargé du soin des chevaux et faisant fonctions de cocher ; Manuela, la cuisinière, était Portugaise ; deux négresses faisaient le gros ouvrage de la maison et entretenaient les communs de la basse-cour.

A vrai dire, Jack seul savait quel était le nom de chacun des deux maîtres, les appelant l'un « sir Raoul » et l'autre « sir Jules ». — Mais Manuela qui ne parlait ni anglais ni français, avait l'habitude de recevoir les ordres du domestique qui parlait sa langue maternelle.

Chemin faisant le fils de l'architecte stéphanois avait combiné habilement tout ce qu'il avait à faire pour jouer son nouveau rôle et pour prendre toutes les précautions voulues dans le but de se substituer à son malheureux ami.

Arrivé chez lui, il appela le serviteur anglais :

— Jack, — lui dit-il, — il faut que je parte sans retard pour New-York. Voulez-vous m'accompagner? j'ai besoin d'avoir un valet de chambre pendant ce voyage.

— Je suis à la disposition de mon maître, — répondit celui-ci.

— Notre voyage durera trois mois environ, car je dois traiter au nom de M. de Lovely et au mien avec le gouvernement des Etats-Unis, pour la fourniture de l'or nécessaire à la Monnaie. — Puisque vous voulez bien partir avec moi, voici ce que vous allez faire :

Préparez immédiatement votre valise. Vous partirez ce matin pour Buenos-Ayres, car c'est ce soir à six heures le départ du paquebot qui va aux États-Unis.

Voici deux mille francs. Vous vous embarquerez sur ce paquebot et vous vous rendrez directement à New-York où vous m'attendrez. — J'arriverai par le prochain courrier, car j'ai encore quelques affaires qui me retiendront une huitaine ici.

Je vous trouverai à l'arrivée du courrier à bord duquel vous viendrez me prendre et enlever mes bagages.

Le placer était éloigné de Buenos-Ayres de dix heures environ à cheval. — Il n'y avait pas de temps à perdre.

Jack prit sa valise et partit accompagné par un des serviteurs de la ferme, à cheval comme lui, chargé de ramener sa monture.

A quelque distance de l'habitation, à mi-chemin du placer, était la maison du surveillant général des travaux, Bordas, un Espagnol qui se prévalait du titre d'ingénieur ou que du moins l'on appelait ainsi.

Ce Bordas ne connaissait en réalité que Jules Vernet, car il n'avait vu M. de Lovely qu'une seule fois. — Mais il ne savait qu'un nom, celui de Raoul, d'où il avait conclu que c'était celui de l'associé qu'il avait vu le plus souvent.

Jules Vernet envoya Manuela chez lui en qualité de cuisinière et il le pria de lui envoyer la sienne qui était Française.

Cet échange ne pouvait paraître que très naturel. Il en avait même été question quelquefois.

Il ne restait que les deux négresses, mais il n'y avait rien à redouter de leur part.

Il ne s'agissait que de remplacer les deux domestiques partis.

Cela ne fut pas difficile.

Le fils de l'architecte prit deux émigrés français, mari et femme, et les investit des fonctions de Manuela et de Jack.

Il eut bien soin de se faire appeler par eux M. de Lovely.

Il s'installa dans l'appartement de son ami, après avoir fait disparaître dans le sien tout ce qui pouvait avoir un caractère trop personnel et qui aurait pu lui être nuisible.

Vers midi, il manifesta une vive impatience de ne pas voir revenir son ami *Jules Vernet*, — car il devait être désormais lui-même Raoul de Lovely.

Il chercha à expliquer son absence par une aventure amoureuse.

Le soir, il parut inquiet.

Il se coucha pourtant fort tranquillement.

Le lendemain matin, le lundi, le contremaître du chantier, accompagné de deux ouvriers du placer, vint en toute hâte le trouver.

On venait lui apprendre la mort tragique de son ami.

Ce fut une douleur admirablement jouée qui éclata alors chez le faux Raoul de Lovely.

Il ordonna aussitôt de suspendre les travaux, il envoya prévenir la police de Buenos-Ayres et il se rendit sur le lieu de l'éboulement.

On constata la mort de Jules Vernet et on lui fit des funérailles pompeuses jusqu'à Buenos-Ayres où son corps fut transporté pour être inhumé.

Aussitôt après, c'est-à-dire le dimanche suivant, le fils de l'architecte, — que nous n'appellerons plus désormais que M. de Lovely, — s'embarqua à son tour à destination de New-York, ayant laissé au surveillant général des travaux, à l'Espagnol Gonzalès Bordas, les ordres nécessaires.

En arrivant à New-York il trouva Jack qui se rendit à bord dès que le paquebot fut accosté.

Muni de l'acte de décès de Jules Vernet et du procès-verbal de constat dressé par les autorités de Buenos-Ayres, il alla à « United States Insurance Company », et demanda le paiement de la prime de huit cent mille francs dont il était le bénéficiaire.

Cette opération ne présenta aucune difficulté, toutes les pièces étant absolument en règle.

Et tout fut rapidement terminé.

Le riche placer était désormais la propriété du faux Raoul de Lovely, devenu ainsi possesseur de près de trois millions, en ajoutant à la fortune de son ami la belle prime d'assurance qu'il avait touchée.

Une grande maison de banque de New-York se chargea de monter une compagnie par actions pour l'achat et l'exploitation du placer et lança une émission qui fut aussitôt couverte par une seule partie de sa clientèle.

Toute sa fortune réalisée, M. de Lovely résolut de séjourner quelque temps à New-York avant de revenir en France, car son but définitif était Paris, la ville de ce luxe et de cette vie dorée dont il avait soif maintenant.

Il se défit de son domestique à qui il fit cadeau de quinze mille francs et qu'il vit se marier bientôt avec une femme qui avait un magasin de lingerie.

Quant à lui, il ne tarda pas à augmenter sa fortune par un brillant mariage.

Il épousa la fille d'un armateur de New-York, Mlle Clara Hopkening, qui reçut en dot la somme énorme de quatre millions.

Au bout de onze mois de mariage, Mme de Lovely donna le jour à une fille que l'on appela Germaine.

Deux ans après cet heureux événement, M. et Mme de Lovely, leur fille et deux domestiques partaient pour la France.

Pendant la traversée la mère de Germaine mourut.

La fortune de la mère revenait à la fille.

M. de Lovely et sa fille s'installèrent à Paris, dans le somptueux appartement du boulevard Haussmann que nous connaissons.

Pendant les dix-huit années qui s'écoulèrent rien ne vint troubler la tranquille félicité du faux Raoul de Lovely.

Pour tous, Jules Vernet était mort.

M. de Lovely seul existait encore, riche, heureux, ayant la plus adorable des filles, jouissant du bonheur le plus complet, quand un homme venait de se présenter chez lui, connaissant le secret de sa fortune, maître du mystère de son nom, venant saper dans sa base cette existence heureuse.

On comprend quelle terreur dut s'emparer du père de Germaine à la lecture du mémoire que l'ex-curé de Glamondans venait de lui remettre.

Il l'avait lu fiévreusement.

La fureur, l'effroi, l'indignation, la colère, le désir de vengeance, la rage impuissante, toutes les émotions l'agitèrent tour à tour.

Quelles pouvaient être les prétentions de cet homme?

Telle était la question que le malheureux se posait dans son esprit torturé par les plus épouvantables angoisses.

Il demeura longtemps dans son cabinet, tenant toujours en main le mémoire, quoique en ayant achevé la lecture, en proie aux plus horribles réflexions.

Vers minuit, il entendit du bruit dans l'appartement.

C'était Germaine qui revenait du théâtre avec Mme d'Arbois.

Elle allait venir l'embrasser selon son habitude.

Cette pensée le rappela à lui-même.

Il fit disparaître le factum qu'il tenait dans la poche de sa redingote.

— Germaine... ma fille!... — se dit-il. — Oh! qu'elle ne se doute de rien.

Il s'accouda sur sa table, la tête dans sa main, comme s'il était intéressé par la lecture d'un journal, — en réalité cherchant à se composer un visage exempt des terribles inquiétudes qui l'agitaient.

CHAPITRE XXII

Le rendez-vous

A jeune fille ouvrit la porte du cabinet de son père.

Encore à lire, — fit-elle dès le seuil. — La politique est donc bien intéressante, père?

— T'es-tu bien amusée? — demanda M. de Lovely en embrassant Germaine qui était venue auprès de lui.

— Oh! c'était charmant. Je n'ai jamais entendu chanter *Mignon* comme ce soir.

— Vraiment!

— Je t'assure.

— Et... Gaston?

La jolie jeune fille rougit légèrement.

— M. des Noyelles est venu avec sa mère et sa sœur.

— En somme, tu es contente?

— Pas complètement, puisque tu n'étais pas avec moi. — Aussi, je ne sais pas quel attrait tu trouves dans tes journaux. — Tu as lu toute la soirée?

— Mais oui, toute la soirée.

— Mon Dieu! est-ce possible? — Tu préfères lire des nouvelles politiques, des bêtises, plutôt que d'être avec moi.

— Ah!... Germaine.

— C'est la vérité.

— Mais non... tu sais que ce soir je n'étais pas disposé à sortir.

— Et demain, m'accompagneras-tu à l'Opéra?

— Que joue-t-on?

— La *Muette*, avec Faure et Villaret.

— Je te le promets.

Alors je t'embrasse.

Et la jeune fille déposa un baiser sur le front de son père.

— Bonsoir, mon enfant, — dit M. de Lovely en lui rendant cette preuve de tendresse.

— Tu vas te coucher? demanda Germaine.

— Certainement.

— Embrasse-moi encore... et à demain.

*
* *

La nuit fut épouvantable pour M. de Lovely.

L'agitation de son esprit éloigna de lui le sommeil et l'insomnie l'accabla plus lourdement en s'ajoutant à ses angoisses.

En vain réfléchissait-il et s'efforçait-il de trouver une solution satisfaisante. — Il n'entrevoyait rien qui puisse le sauver, rien qui puisse éloigner de lui le danger qui le menaçait.

Des pensées horribles l'assaillirent.

Il eut même des idées de crime.

S'il pouvait se défaire de cet homme et avec lui étouffer le secret dont il s'était rendu maître...

— Il faut en finir au plus tôt, — se dit-il à un moment de la matinée. — Cet homme est un misérable. Il a trouvé un secret; ce qu'il veut, c'est de l'argent. Avec quelques mille francs j'en serai quitte... — J'ai bien tort de me tourmenter pour si peu. — Il n'y a qu'à bien prendre mes précautions, à veiller à ce qu'aucune preuve ne reste entre ses mains.

Et aussitôt, le père de Germaine écrivit sur une feuille blanche, sans chiffre frappé, les lignes suivantes :

« *Je serai demain, à deux heures précises, au bois de Vincennes, dans l'allée qui entoure* « *le lac des Minimes, du côté de la ferme.*

« R. de Lovely. »

Il mit cela sous enveloppe et sortit pour jeter lui-même à la poste cette lettre dont la suscription portait :

M. Auguste Pallette,
Poste restante,
En ville.

M. de Lovely ne voulait pas que cette nouvelle entrevue avec cet individu eût lieu chez lui et cela se comprend. — C'est pour cela qu'il lui avait indiqué le bois de Vincennes.

L'abbé Guérard, — ou M. Savournin, si l'on veut, — en sortant de chez M. de Lovely, se rendit directement à la rue des Écuries-d'Artois.

Il était près de onze heures quand il y arriva.

Sa vieille domestique dormait profondément. — Il pouvait rentrer tranquillement chez lui, quitter dans son cabinet secret le travestissement qu'il avait emprunté, reprendre son vêtement ecclésiastique et gagner sa chambre.

Le lendemain matin, à sept heures, le prêtre aristocratique célébrait sa messe comme à son ordinaire, dans son élégante chapelle, en présence de quelques duègnes bigotes et de quelques vieilles filles du grand monde.

Après avoir pris son chocolat il sortit et dit à Geneviève qu'il ne rentrerait que le soir pour dîner.

L'habile comédien savait admirablement tracer à l'avance l'emploi de sa journée de façon à satisfaire à toutes les exigences de ses diverses entreprises et des différents personnages qui vivaient avec lui.

Vers dix heures M. Savournin rentra chez lui.

Sa voiture de louage l'attendait déjà à la porte.

Il donna quelques ordres à sa domestique et il lui dit qu'il viendrait déjeuner à onze heures et demie.

Auparavant, il devait se rendre à l'agence matrimoniale de la rue de la Victoire.

Dès que son coupé s'arrêta devant la porte, le petit chasseur en livrée le salua et se disposait à aller l'annoncer à M. Ferréol, quand lui :

— Non, mon brave, reste là, — lui dit-il, — va, ze me présenterai moi-même.

Mme de Fontanges et M. Ferréol avaient entendu sa voix et accoururent au-devant de leur riche commanditaire.

— Ça un peu, ma bonne dame de Fontanzes, — questionna M. Savournin en serrant la main de l'ex-demi-mondaine.

— Mais oui, — répondit-elle de sa voix flûtée. — Je me suis très bien mise au courant.

Le Marseillais serra la main à M. Ferréol.

— Comment allez-vous, monsieur Savournin? — lui demanda le pieux personnage.

— Très bien, — fit-il — ah! le coffre est solide. Quand vous me verrez malade, on pêchera des oursins dans la Seine, mon cher. — Et Nivière, qu'a-t-il fait?

En disant cela M. Savournin s'était assis.

— Je l'ai vu hier soir, — répondit M. Ferréol.

— Ah! bien! — et vous lui avez bien expliqué ce qu'il avait à faire.

— Il l'avait parfaitement compris. — Du reste, je lui ai mis les points sur les i, Il vous tiendra au courant de tout ce qui se passera avec M. Octave de Radillan.

— Est-il parti pour Londres?

— Il partira à deux heures, parce que son tailleur ne doit lui livrer ses vêtements qu'à midi.

— C'est parfait, mon bon, c'est parfait. — Et la publicité, porte-t-elle un peu?

— Oh! certainement! — fit M. Ferréol.

— Je le crois bien! — chanta Mᵐᵉ de Fontanges.

— Alors il commence à venir quelques affaires?

— Les lettres sont de plus en plus nombreuses, — dit le directeur de l'agence en montrant sur la table un courrier assez volumineux qu'il était en train de dépouiller et d'annoter pour les réponses à faire. — Nous avons même eu la visite d'une grande dame qui a une charmante jeune fille à marier et qui lui donne une fort belle dot.

— Cette dame s'est entretenue avec moi, — ajouta Mᵐᵉ de Fontanges, — et M. Ferréol va trouver un fiancé à sa fille.

On exposa alors en détail à M. Savournin la visite de la femme à la mode.

Il parut fort satisfait de la tournure que prenaient les choses.

— Ze savais bien que ça marcherait, — dit-il avec son gros sourire plein de satisfaction joviale. — C'est une affaire d'or que nous avons là, et z'azouterai même que c'est une bonne œuvre que nous faisons.

A cette affirmation, l'ex-femme galante ne put se défendre d'une surprise.

M. Savournin qui le remarqua lui dit aussitôt:

— *Voui*, ma bonne madame de Fontanzes, *voui*, une bonne œuvre... vous allez me comprendre.

M. Ferréol avait pris une expression béate. Le bigot qui doublait en lui le gredin prenait en ce moment le dessus. — Il écoutait pieusement.

— Le mariaze, — reprit le faux Marseillais, — est un état, une position régulière, pas vrai?

— Certainement, — répondit le pieux personnage.

— Eh bien! prenons l'exemple de M. de Radillan. Voilà un zeune homme qui est lancé, comme on dit, sur la pente de tous les vices, *qué!*

— Oh! oui.

— Nous allons le ramener dans la bonne voie. C'est un vrai service que nous allons lui rendre. — Est-ce qu'il ne vaut pas mieux pour lui qu'il soit marié ?

— Assurément ! — firent à la fois M. Ferréol et Mme de Fontanges.

— Il en sera souvent ainsi. Tenez, dans l'affaire de cette cocotte, cette Mme Campo, *qué !* C'est la même chose. Si nous ne marions pas sa fille, elle peut mal tourner, entraînée par l'exemple de sa mère. Nous faisons donc à la fois, pour nos clients, leur bonheur matériel et leur bonheur spirituel.

— C'est la vérité ! — s'écrièrent encore à l'unisson le directeur et la directrice de l'agence.

Ces approbations ne les empêchaient pas de considérer principalement les profits matériels de leur entreprise et de les apprécier bien au-dessus des mérites spirituels que leur vaudrait cette simili-œuvre-pie.

*
* *

Avant l'heure fixée par M. de Lovely, Auguste Pallette était déjà dans l'allée du bois de Vincennes qui entoure le lac des Minimes.

Il convenait à son caractère de devancer le millionnaire.

Tout en regardant les canards du restaurant de la porte jaune qui prenaient leurs ébats sur les bords du lac, le misérable songeait à ce qui allait se passer.

— Je suis sûr qu'il va m'offrir de l'argent, — se disait-il avec un sourire qui faisait grimacer sa pâle figure. — De l'argent !... Ah ! il va être joliment surpris quand il va savoir ce que je lui demanderais.

Alors il se mit à réfléchir aux conséquences de ce qui allait se passer.

M. de Lovely finirait sans doute par se résoudre à lui abandonner le sort de sa fille, mais il ne pourrait y consentir tout de suite.

Combien de temps cela allait-il durer ?

Il se posait cette question quand il vit arriver le père de Germaine.

Il marcha à sa rencontre.

A cinq pas de distance il le salua obséquieusement.

— Monsieur de Lovely, — fit-il en s'inclinant, tenant son chapeau d'une main et son parapluie de l'autre, — j'ai bien l'honneur de vous saluer.

Le millionnaire ne répondit pas à ses salutations.

Il continua à marcher, ayant à côté de lui le famélique individu qui se mit à son pas.

Ils se dirigèrent ainsi vers une petite allée qui suit à travers bois le ruisseau qui alimente le lac.

Auguste Pallette ne voulut pas prendre le premier la parole. — Tout en gardant le silence, il observait attentivement et à la dérobée le père de Germaine, cherchant à pressentir ce qu'il allait dire.

M. de Lovely paraissait chercher le début d'une conversation. — Il marchait lentement, les mains derrière le dos et tenant sa canne, la tête inclinée, les regards fixés au sol.

Après un assez long silence :

— J'ai lu le mémoire que vous m'avez remis, — dit-il d'une voix creuse.

LES MYSTÈRES

DU

GRAND MONDE

PAR

MAURICE JOGAND & LOUIS FÉRALD

Auteurs de LA MARGOT, etc.

Tous les journaux contiennent chaque jour le récit d'un de ces drames hideux et atroces qui ont pour cadre les salons dorés, les boudoirs de satin et les alcôves parfumées de ce que l'on appelle le *grand monde*. — Et combien de drames plus épouvantables, plus sombres et plus horribles, qui ont eu pour acteurs les personnages titrés et blasonnés de la société aristocratique, sont étouffés à prix d'or ou effacés par des crimes inconnus et impunis.

L'adultère, le viol, le rapt, le faux, l'assassinat, l'inceste, le chantage, tous les crimes ont leurs coupables dans ce monde comme dans les autres classes sociales. Lorsque l'un d'eux que l'on n'a pu étouffer éclate, le public avide se jette sur les miettes de ce drame.

Personne, mieux que les auteurs de LA MARGOT, ne connaît la vie cachée et **LES MYSTÈRES DU GRAND MONDE**.

Avec un tel sujet et dans un pareil milieu, MM. Maurice JOGAND et Louis FÉRALD ont écrit un de ces drames qui passionnent, qui enchaînent, qui émeuvent au plus haut degré, car les crimes sous les lambris dorés, les hontes sous le blason diffèrent essentiellement des hontes et des crimes des héros ordinaires de Cours d'Assises.

Ce n'est pas une œuvre vulgaire que ce roman nouveau dont le titre seul promet les plus poignantes émotions et les plus palpitantes intrigues.

LE GRAND MONDE A SES MYSTÈRES de sang et de boue.

Ce livre en est la publication émouvante.

Pour recevoir franco LES MYSTÈRES DU GRAND MONDE, à 50 cent. la Série de cinq livraisons au fur et à mesure de leur publication, envoyer 2 fr. à la Librairie nationale, et renouveler chaque fois que quatre séries auront été reçues.

3265-83. — Imprimerie D. BARDIN et Cᵉ, à Saint-Germain.